光文社古典新訳文庫

# 世間胸算用

井原西鶴

中嶋 隆訳

kobunsha classics



光文社

Title : 世間胸算用
1692
Author : 井原西鶴

# 『世間胸算用』目次

# 世間胸算用

# 序文

松吹く風も静かな天下泰平の御代。元日の明け方には、「若えびす、若えびす」[1]という売り声が聞こえ、「買っての幸い、売っての幸せ」と、諸商人《あきんど》は、この大黒・恵比寿の御札を買って一年が始まる。さて、正月には、帳綴《ちょうと》じ[2]や棚おろし[3]をしたり、内蔵の金銀をあらためたりする。初春の初商いで、天秤の針口を叩く小槌[4]は、振れば何でも手に入る大黒様の打出の小槌のようなものだ。何でも欲しいものは、めいめいの知恵袋から取り出せばいい。商人たるものは、その年の元日から胸算用に怠りなく、一日千金[5]の大切な大晦日[6]を無事に過ごせるよう、普段から覚悟しておかなければならない。

元禄五申歳《さるのとし》初春

難波

西鶴　印（松／寿）

1　大黒天と恵比寿神を印刷した神札を売り歩く若えびす売りの触れ声。
2　日々の売買勘定を記入する大福帳を新しく綴じ、表紙に上書きをする。
3　在庫品を調べ、その現在高を帳面に記入する。
4　銀貨を量る天秤の針が安定するように、針口を小槌で叩く。
5　「春宵《しゅんしょう》一刻値千金」（蘇東坡《そとうば》「春夜」）をもじる。
6　一年の掛け売買の総決算日。商品代金の支払いは帳面上行われ、上方では年五回の節季（三月節句前・五月節句前・盆前・九月節句前・大晦日）に清算する。

# 胸《むね》算《さん》用《よう》　巻一

大晦日は一日千金

## 目録

# 問屋の見栄張り女房（問屋の寛闊《くはんくはつ》女）

（　）内は本文に添えられた原題だが、目録の章題とは表記が違う場合がある。

天の岩戸の神代から大晦日が闇夜なことは[1]分かりきったことなのに、人はみな、常日ごろの渡世に油断する。そのあげく、毎年一回必ずおとずれる大晦日に、一年の収支決算の算段が狂ったと、当日になって狼狽するのは、めいめいの心がけが悪いからである。

大晦日が大切なことは、千金にも替えられない。銭金なくては越すことのできない冬と春との境にある峠のようなものだ。借金の山が高すぎて、たいていの人はこの峠を登りきることができない。それというのも、子という足かせがあって、身代《しんだい》相応に子育て費用がかかるからである。その時々には目立たない端金《はしたがね》でも、一年経つと大金になる。

掃きだめに捨ててしまう正月の破魔弓《はまゆみ》、手鞠《てまり》のほつれた糸屑、雛祭りの割れた擂鉢《すりばち》、箔のはげた端午の節句の菖蒲《しょうぶ》刀、破れた盆踊りの太鼓、それに八朔《はっさく》の雀の玩具。[2] これなどは数珠玉に付けたまま捨てられてしまう。十月の中の亥猪《いのこ》を祝う餅用の米、[3] 氏神に供えるお祓い団子、十二月朔日《ついたち》の弟子《おとご》[4]餅、節分の夜に厄払い[5]にくれてやる包み銭や、悪夢よけに獏《ばく》のお札を買う銭など、積もり積もった諸費用は宝船[6]にも車にも積みきれないほどになる。

ことに近年は、どこの家でも女房が贅沢になって、地味なら着物に不自由のない身でありながら、その時々の流行《はやり》模様を染めた正月用の小袖を誂えるようになった。羽二重一反四十五匁[7]の生地の値より、細かい秋草模様を色変わりに染めた染め賃のほうが高くつく。染め賃に一両も払って誂えても、それほど他より目立つわけではないの

1　太陰暦では、月末には月が出ない。西鶴の発句に「大晦日定めなき世の定めかな」がある。
2　八月一日に、数珠玉の茎に、絹布で作った雀をつけて、世話になっている家に贈った。
3　十月の中の亥の日に、餅をついて子孫繁栄を祈る。
4　弟子は末子の意で、十二月をこう言い、十二月一日に餅を食して祝った。
5　大晦日や節分の夜、厄難を祓う文句を唱えて米銭を貰った芸人。
6　節分の夜、吉夢を見るために、七福神を乗せた帆掛け船の刷り物を枕の下に敷いて寝た。
7　染め生地の白絹一反の値段が、銀四十五匁。約銀六十匁が金一両になる。

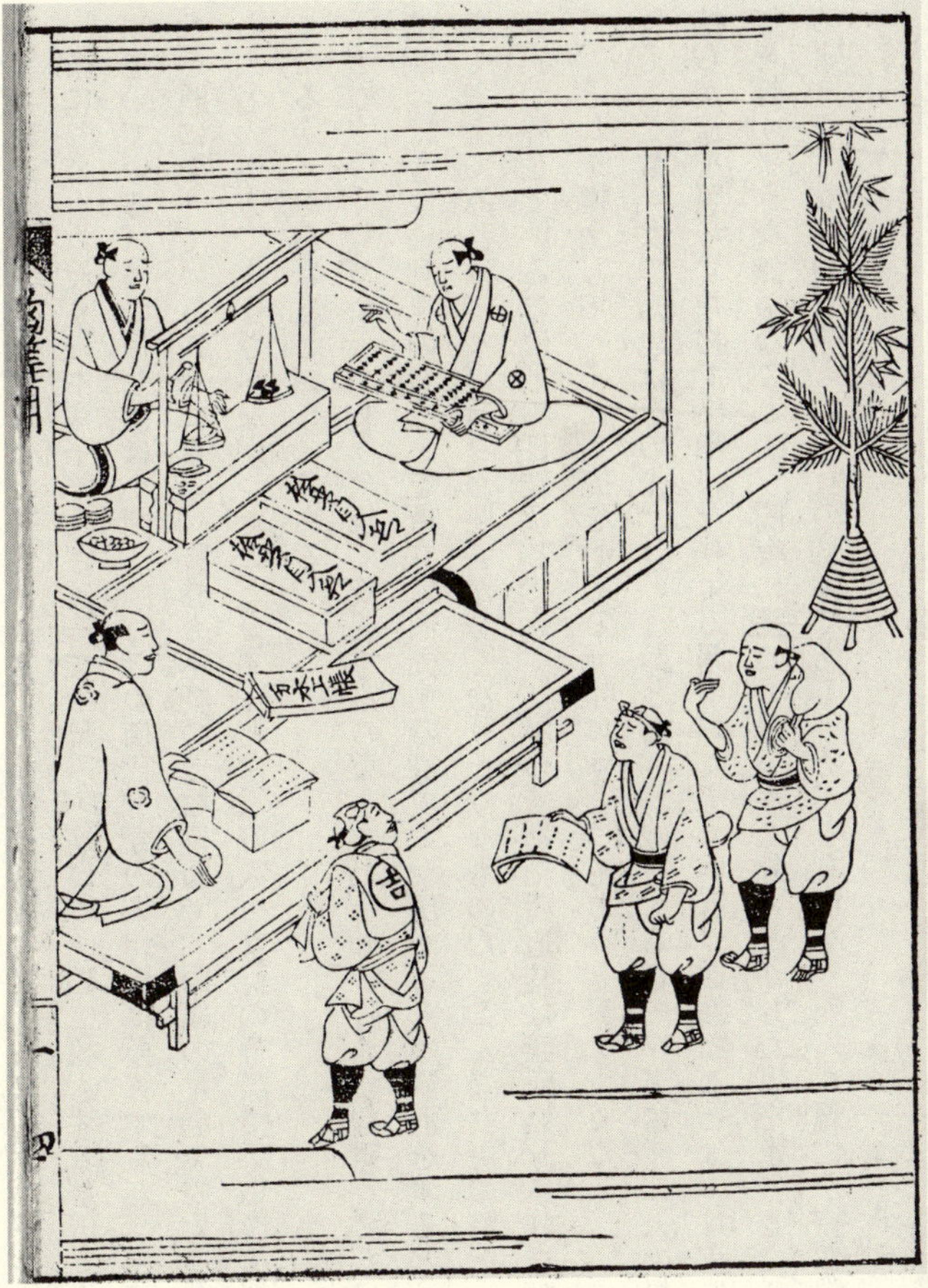

に、あたら、そんな無駄なことに金銀を捨ててしまう。帯にしても古渡りの本繻子《ほんじゅす》[8]で長さは一丈二尺、一筋につき銀二枚[9]もする贅沢品を腰に巻いている。髪の挿し櫛は小判二両。[10]この櫛代を今の米相場に換算すると、三石の米を頭にのせていることになる。腰巻も本紅《ほんもみ》[11]の二枚重ねで、白絹の足袋を履く。昔なら大名の奥方でもなさらなかったことをするとは、町人の女房の分際で、いつ天罰がくだるか、そら恐ろしいことである。

せめて手持ちの金銀があり余って贅沢するのならまだしも、降っても照っても昼夜油断のできない利息のつく金を借りて商売する身で、女房がこんな贅沢をするとは、よく考えてみれば、女房自身が恥ずかしくなりそうなものだ。こんな女房の贅沢を、亭主が許しているのは、明日破産しても、女房の着物や諸道具は競売処分されないので、それを換金して、また商売を始める元手にするつもりかと疑いたくなる。

そもそも「女の知恵は鼻の先」[12]という諺どおり、破産する日の夕方に、二人の提灯持ちが道を照らす乗物[13]で出歩いたりする問屋の女房もいる。こんなことは、月夜に提灯を灯すような無益なことで、闇夜に錦の上着を着たり、沸かした湯を水にしたりするような、なんの意味もない女の見栄である。そんな有様を、死んだ親仁《おやじ》が持仏堂の隅から見て悔しがっても、あの世とこの世が隔たっているので、跡取り息子に、面と向かって意見ができない。

「お前の今の商売のやりかたは、嘘偽りを、ごっつう売る問屋みたいなもんや。銀十貫目で物を買《こ》うて、損だと分かっていても八貫目で売って、とりあえず、商いをまわす銀をやりくりする。そんなことしても、財産が減るばかりやで。来年の暮れには、この家の門口に『売家、十八間《けん》間口、内蔵が三箇所、戸建具はそのまま、畳は上等、中等合わせて二百四十畳、ほかに江戸船一艘、五人乗りの屋形船には通い船を付けて売却いたし候。きたる正月十九日に、町会所で入札』と、張り札が出て世間の噂になるやろな。財産全部、人手に渡ってしまうこと、仏になったわいの目にはよう見えて、

8　古く中国から渡来した絹織物。縦糸、横糸に本絹の練糸を用い、なめらかで艶がある。
9　銀一枚は四十三匁。両替屋が重さを量って、袋に極印をうって流通した。
10　小判一両を銀六十匁に換算すると、二両で百二十匁となり、それが米三石にあたるので、米一石は銀四十匁になる。
11　紅花で染めた高価な紅染め。
12　女は思慮が浅いという意の諺。
13　引き戸のついた上等な箱駕籠で、町人は女性だけが乗ることを許された。

悲しゅうなるわ。こんなんでは、仏具も人様のもんや。青銅の三つ具足[14]は、先祖代々の値打ちもんで惜しいさかい、今度の盆に送り火焚いてもろうたら、蓮の葉に包んで極楽に持って行くわい。どのみち、この家は来年でしまいや。お前も、その覚悟があって、丹波にぎょうさん田地買い込んで、破産した後の引込み所にするつもりやろ。悪い分別やで。悪賢くふるまえば、お前に銀《かね》貸すほどの人はさらに抜け目のう、いちいち財産調べ上げて、結局みんな人のもんになる。つまらぬ悪事をたくらむより、もう一度、地道に商売をしなはれ。死んでも子どもがかわいいさかい、枕上に立って、こうして知らせるんや」

こう言う親仁の姿がありありと見えて、問屋の亭主は夢から覚めた。夜が明けると、十二月二十九日の朝[15]。大笑いしながら寝床から起きた。

「まいったな。今日、明日とめっちゃ忙しいのに、死んだ親仁の欲張った夢、見てもうた。あの三つ具足は寺にあげてまえ。あの世に行っても、欲深いこっちゃ」

と、親の悪口を言っているうちに、借金取りが山のように押しかけてくる。どうやって埒《らち》をあけるのかと思っていると、こんな手があった。

最近、小利口な者が振手形[16]というものを考え出した。つまり、銀があるときに利息なしで両替屋に銀を預け、必要なときには銀を借り出すことにして、資金のない商人たちが互いに融通しあっている。この亭主も、振手形を使うつもりでいた。

十一月末から、銀二十五貫目[17]を懇意にしている両替屋に預けておく。大晦日の支払い時分には、米屋も呉服屋も、味噌屋、紙屋、魚屋、そのほか観音講[18]の掛銭、廓の揚屋の支払いまでも、「この両替屋で受けとりなはれ」と、借金取りにはみな振手形を一枚ずつ渡してすっかり支払いを済ませた。亭主は「これで、埒あいた」と、住吉神社[19]へ参詣に出かけた。とはいうものの、内心は不安でたまらない。こんな人の賽銭《さいせん》は、神様が受けとってもさぞ心配になることだろう。

ところで、その振手形は預金が二十五貫目しかないのに、八十貫目も振り出されて

14　花立・燭台・香炉の仏具。
15　太陰暦の晦日は、小の月が二十九日、大の月が三十日となる。
16　現在の手形に相当する。両替屋に大金を預け、手形を振り出すことは、商人の信用になった。
17　銀一貫目は、銀千匁。二十五貫目は二万五千匁になる。
18　観音信者の親睦団体で、金を積み立てておき、観音参りや寺の修繕費にあてた。
19　大阪市住吉区にある航海安全に御利益のある神社。

いたのだが、両替屋は、借金取りから、その額面どおりの金額を請求される。「差引勘定してから支払いましょ。ぎょうさん振手形があるようやさかい」と、いろいろ調べているうちに、借金取りも忙しいので、その手形を支払いにまわし、受けとったほうでも、それをさらに支払いに使ってしまう。後には、貸借関係がごちゃごちゃになって、金に換えられない不渡り手形を、後生大事に握って年を越す商人もいるはめとなった。

大晦日にそんなことがあっても、一夜明けると、世は豊かな初春《はつはる》となるのである。

## 昔もらった長刀《なぎなた》の鞘を質種《しちぐさ》に（長刀はむかしの鞘）

元日に日蝕のあったのは六十九年以前のことだ。今また、元禄五年壬申《みずのえさる》の元日にも日蝕があった。[20] ほんとうに珍しいことだ。暦は持統天皇四年に唐の儀鳳暦《ぎほうれき》[21]が採用されてから、たびたび改暦されたが、日蝕と月蝕が暦の予想どおりに起きるかを正確さの基準にしたので、誰もが暦を疑うことがない。

さて、暦を元日からめくっていって、とうとう最後の大晦日になった。この日ばかりは、のんきに浄瑠璃や小唄を口ずさむ者もなく、暮れのせわしい仕事に追われる。とりわけ貧乏な家の多い裏通りでは、やれ喧嘩だ、洗濯だ、穴のあいた壁の修繕だと、なにもかもごちゃごちゃと、この一日にやろうとするが、正月の準備のほうは、餅ひとつ、ゴマメ一匹買うわけでもない。金持ちと比べると、浅ましくも哀れな暮らしぶりである。

同じ裏長屋に住む六、七軒の連中は、どうやって年を越そうとするのか見ていると、みな質種《しちぐさ》の心当てがあって、少しも貧乏を悲しむ様子がない。普段の暮らし方は、世間では盆暮れにまとめて支払う家賃は、月末ごとに済ませてしまう。米・味噌・薪・酢・醤油・塩・油など生活必需品は、なんせ信用がないから、節季払いでなく、買うたびに現金払いにするほかない。そうやって、その日暮らしをしているので、節季節

20　本書刊行は元禄五年正月だが、この年の元日の日蝕は『古暦便覧大全』等で、西鶴はあらかじめ知ることができた。なお、元禄五年の六十九年以前は元和十年だが、この年に日蝕のあった記録はない。解説参照。
21　唐の高宗時代の暦。『日本書紀』によれば、持統天皇四年十一月、元嘉暦《げんかれき》とともに採用された。

季に、腰に帳面を下げてずかずかと家に入ってくる借金取りは一人もいない。だから怖がって詫びを言う必要もない。「世の楽しみは貧賤にある」という古人の言葉[22]に偽りはない。そもそも請求書をつきつけられても銀《かね》を払わない者は、何食わぬ顔で世間に紛れ込んだ盗人と同じだ。考えてみると、世間の人は、いい加減に一年の見積もりをして、月ごとの家計を考えないから、大晦日の収支勘定が合わなくなるのだ。

その点、その日暮らしの貧乏人は、たかの知れた世帯だから、小遣い帳一つつける必要もない。この連中は、大晦日の暮れまで普段の暮らしをして、正月を迎える準備をいつするのだろうかと思っていると、めいめいが質を置く覚悟がある。とは言っても、貧しいなかで質種を探すのは哀れなものだ。

ある家は、古びた唐傘一本に綿繰り車一つ、それに茶釜を加えて、かれこれ三品で銀一匁借りて事を済ませた。その隣の家では、女房が観世紙縒《かんぜこよ》[23]りを帯の代わりにして、今まで使い古した普段帯を一筋、亭主の木綿頭巾一つ、蓋のない小重箱一組、七つ半《なから》の筬《おさ》[24]一丁、五合升と一合升の二つ、堺産の湊焼の皿五枚、仏の掛け軸に仏具を添えて、何やかやと取り集め、合わせて二十三品の質種に銀一匁六分借りて年を越した。その東隣には幸若舞[25]の太夫が住んでいたが、元日から大黒舞[26]に商売替えすると言う。

「五文の大黒の面と張り子の槌一つで、正月、暮らせます。幸若舞の烏帽子・直垂《ひたたれ》・大口袴[27]はいらんわ」

と、それらを銀二匁七分で質に入れて、ゆったり年越しをした。

その隣には、着る物は紙衣《かみこ》[28]一枚しかない気むずかしい貧乏浪人が住んでいた。長年、武具や馬具を売り食いして、今は、馬の尾の毛に付ける玩具の鯛を小刀で削る賃仕事をしていたが、その鯛釣り玩具もはやらなくなった。年の暮れには、生活が抜き差しならなくなってしまったが、この一夜を越す工面がつかない。切羽詰まって女房に、似せ梨子地《なしじ》[29]の長刀の鞘一つ、質屋に持たせてやった。

22　「子曰く、疏食を食ひ水を飲み、肱を曲げて之を枕とす。楽も亦其の中に有り」（『論語』）。
23　紙縒りをより合わせたもの。
24　三百本の縦糸を揃える織機の部品。
25　室町時代後期に桃井《もものい》幸若丸の始めた舞曲だが、元禄当時は大道芸になった。
26　大黒天の面をかぶり、打出の小槌を持って、正月に商家の門々を回った芸人。
27　裾の口が広い袴。
28　柿渋を塗り何度も乾かして揉んだ和紙で仕立てられた衣服。安価なので貧乏人が使用。
29　金粉のかわりに、真鍮粉などを漆に塗り込んだもの。

「こんなもん、何の役にたつんかいな」

質屋の亭主は、ろくに手に持たずに鞘を浪人の女房に投げ返した。たちまち女房の顔色が変わる。

「人の大切な道具を、なにゆえ投げて壊した。質に取るのがいやなら、『いや』と言えばすむことじゃ。そのうえ『何の役にもたたぬ』とはよう言った。聞き捨てには出来ぬ。それは、わらわの父上が、石田治部少輔《じぶのしょう》[30]乱で、並びなき手柄をお立てになった長刀。男子がないゆえ、わらわに譲っていただき、羽振りの良かったときの嫁入りには、対《つい》の挟み箱の先に持たせたものなのに、それを『役にたたぬ』と言われては、御先祖様に顔向けができぬ。さあ、女に生まれても命は惜しくない。相手はお前じゃ」

女房は泣きわめきながら、質屋の亭主につかみかかった。亭主は困惑して、いろいろ詫びたが承知しない。そのうち、近所の住人が集まってきた。

「あのつれあい浪人、ねだりもんでっせ。ゆすりたかりで、お飯《まんま》食ってますのや。聞きつけて来《き》いへんうちに、示談にしたほうがよろしいな」

そう、誰彼となく亭主に耳打ちする。亭主は、仕方なく銭三百文と玄米三升で片を付けた。

まったく「時世時節《ときよじせつ》」[31]とはよく言ったものだ。この女房は、昔は千二百石取りの侍の息女で、何事も贅沢に暮らせた身の上だったのに、今では落ちぶれて貧乏になるにつれ、無理を言って人をゆするようになった。自分でもきっと悔しい思いをしているだろう。それにつけても、貧乏だからといって、人間はそう簡単に死ねるものではない。

質屋の亭主と話はつき、女房は玄米三升と銭三百文を受けとる段になって、「こんな玄米を持って帰っても、明日の用にはたちません」と、まだ文句をつける。

「さいわい、そこに碓《からうす》、ありますねん」

それで玄米を搗《つ》かせて、やっと帰ってもらった。なまじかかわって三百文の損。これが世間で言う「さわり三百」[32]ということなのだろう。

この浪人の隣には、年ごろが三十七、八ぐらいの女が住んでいた。親類や、老後をみてもらう子どももいない独り者で、五、六年前に夫に死なれたという。髪を切り、

30 石田三成が西軍を率いた関ヶ原の合戦。
31 その時々の巡り合わせや移り変わり。
32 ちょっと触れただけで三百文の損をすること。思いがけない損害をこうむるという意の諺。

無地の着物を着た後家姿だが、身だしなみは目立たぬようにしているけれど、化粧などして色っぽく、姿にも品がある。普段は賃仕事の、奈良苧《ならそ》[33]を遊び半分にひねって、暮らしていた。それなのに、十二月初めには、もう手回しよく、正月の準備を整えた。薪も、二月三月ごろまでもちそうなほど買い込み、台所の肴掛け[34]には、中ぐらいの塩鰤《ぶり》一本・小鯛五枚・鱈二本が吊されていた。白木の雑煮箸・塗箸・紀州の塗椀、それに鍋蓋までさっぱりと新しく買い換えた。家主には小さめのめじ鮪《まぐろ》を一本、その娘に絹緒の小雪駄、お内儀へは畝足袋《うねたび》[35]一足を付け届けする。あと、七軒の長屋仲間には、餅に牛蒡《ごぼう》一把ずつ添えて贈り、礼儀正しく正月を迎えた。金を稼いでいるようには見えないが、人の知らない渡世でもしているのだろうか。内輪のことは分からないけれど……。

その奥に、二人の女が同居していた。一人は、年若く、耳も目鼻も人並みに付いているのに、これまでずっと男ができなかった。鏡を見るたび、我ながら納得して「こんな顔やさかい、独り身なんやね」と、我が身の上を嘆息した。

もう一人の女は、東海道の関の地蔵[36]近くの旅籠《はたご》で客引き女をしていたとき、木賃泊まりの抜参り[37]につらくあたり、米などくすねた罪だろうか、この世で報いをうけて、もらいの少ない鉢ひらき尼[38]となった。もっともらしい顔で、心にもない念仏を唱えている。思えば、心は鬼で、狼が衣をまとっているようなものだ。精進など意に介さず魚を食っているが、「鰯の頭も信心から」[39]という諺のように、墨染めの麻衣を着ているので、この十四、五年も仏のおかげで食いつないでいる。毎朝托鉢に出て、一町歩いて二軒ぐらいは施しの米にありつける。それを二十箇所から集めて、やっと米一合になる。五十町かけずり回らなければ米五合ももらえない。仏道を修めるには、体が丈夫でなければ勤まらないというものだ。この女、今年の夏に食あたりを患って、仕方なく、商売道具の墨染め衣を一匁八分で質に入れた。その後、それを請け出すこと

33　奈良晒《ならざらし》の原料となる苧麻《からむし》の茎の皮からとった繊維。
34　台所の竈《かまど》の上などにある、魚鳥を掛ける木の鉤。
35　晒木綿を畝のように糸で刺した足袋。
36　三重県鈴鹿郡関町の法蔵寺地蔵院。
37　宿泊客持参の米を煮炊きする薪代（木賃）だけを受けとって宿泊させた宿。抜参りは、親や奉公先の主人に無断で伊勢参りすること。
38　鉢を持って米銭を乞う僧形の乞食。
39　つまらない物でも信仰すればありがたく思えるという意の諺。

ができず、商売の種が尽きてしまった。世間の人の信心に変わることはないはずだが、衣を着た朝には米五合は稼げても、衣なしでは二合ももらえない。ことに十二月は「師走坊主」[40]というぐらいだから、世間は親の命日を忘れるほど慌しいので、寄進も少ない。仕方なく銭八文で年を越した。

まことに世の中の哀れを見るのは、貧乏人の多い場末の小質屋である。気が弱くては、商売が出来ない。脇から見てさえ、悲しいことの重なる年の暮れだ。

## 稀少な伊勢海老は春の紅葉（伊勢海老《いせえび》は春の栬《もみぢ》）

神棚に飾るウラジロや松飾りが正月にないと、なにか物足りないものだが、昔から蓬莱[41]に飾っている伊勢海老が欠けると、あって当たり前だと思っていた一品が欠けただけで、正月の気分がだいなしになる。それはそれとして、伊勢海老は年によっては値が張ることがあって、貧しい家や締まりやの家では、これを買わないで正月のお祝いをすますこともある。

この前も、橙《だいだい》が品薄で、一個あたり銀四、五分で売買されたので、その代わりに九年母《くねんぼ》[42]で間に合わせたことがあった。これなど、色形がだいたい似たような物なので我慢できるが、伊勢海老の代わりに車海老となると、何か借り着のようで、しっくりとしない。そうは言っても、なけなしの金で生活をやりくりするような貧家では、やむを得ないことだ。世間体を気にする金持ちには、それ相応の出費がかさむ。北風雨《しぶき》の吹きかかる壁に、莚《むしろ》や菰《こも》を下げるわけにもいかない。渋墨《しぶずみ》[43]の色つけ板で壁を囲うぐらいは、贅沢のうちに入らないだろう。人は分際相応に、衣食住の三つを楽しむほかない。

家業でも、親が長年やってきた商売を替えて成功する例《ためし》は少ない。ともかく、経験を積んだ老人の指図にそむかないことだ。どんなに頭が良くて才気があっても、若者のやることは、三五の十八、[44]ばらりと目算が外れることが多い。

40　年の暮れは誰もが忙しいので、坊主に施しをしないということから、無用の者をたとえていう。
41　正月などの飾り物。台にウラジロなどを敷き、伊勢海老・橙・昆布・熨斗鮑《のしあわび》・榧《かや》の実などを盛る。
42　実は柚子に似て皮が厚い。秋に熟する。
43　灰墨に柿渋を加えて練った防腐用塗料。

ところで、大坂の大晦日は、あらゆる物が売買される宝の市である。不景気で商売がないとぼやくのは、この六十年来のことだが、考えてみると、この間、何一つ売れ残って捨てられた物はない。一つ買っておけば、子孫に代々譲られる石の挽臼でさえも毎日売れるので、御影石の山も、やがては切り崩されてしまうことだろう。ましてや、一度使えば捨てられる粗末なもの、たとえば五月節句の飾り兜、正月の祝い道具などは、使ってもせいぜい三日間で、いわば三日坊主[45]のようなもの。寺が檀家へ配るお年玉の扇にしても、もらっても開かないで捨てられてしまう。無駄なことは分かりきっているのだが、誰も気にかけない。こんなふうで、大坂人の気性は、江戸に次いでおおらかである。

ある年、伊勢海老が品薄なことがあった。たとえ一匹銭千貫文[46]してでも、伊勢海老ぬきでは蓬萊を飾れないと、家ごとに買い求めたので、十二月二十七、八日になると、方々の魚屋に伊勢海老が買い占められてしまった。

まるで長崎の舶来品のように、だんだん手に入れられなくなり、大晦日には、伊勢海老の髭も塵もない状態。「見渡せば花も紅葉もなかりけり浦の苫屋《とまや》の秋の夕暮れ」という藤原定家の歌ではないが、浦の苫屋の紅葉のような色よい伊勢海老はないか、ないかと探し回る声ばかりで、影も形もない。

ところが、備後町《びんごまち》の中ほどの永来《えら》47という魚屋に、たった一匹売れ残っていた。ある家の使いが銀一匁五分から値を付けだし、四匁八分までせり上げたが、「今年は、品薄やさかい」と売ってくれない。そうなると、使いの一存では購入できないので、急いで家に帰り、伊勢海老の値が高いことを告げた。それを聞いた親仁《おやじ》は、苦々しげに顔をしかめる。

「わい、これまで値の張るもん、買《こ》うたことない。薪は、酒屋が買い置きを始める前の六月、綿は収穫されたばかりの八月、米は、酒屋が新酒仕込む前、夏によう使う奈良晒は毎年、盆すぎてから買う。値が下がるやろ。それに年中現金で買うさかい、値切ることも、ようできるんや。この前、親仁が亡くなられた時、棺桶ひとつ、桶屋の

44　計算では三五は十五のはずなのに十八になって目算が外れるという意。
45　飽きやすく長続きしない者をあざける諺。
46　千貫文は小判約二百五十両。
47　備後町（現、大阪市中央区備後町）に魚問屋が多かった。「北国魚問屋、備後町、永来六兵衛」（『難波鶴』）。

言い値で買い取ってしもうた。それが、今でも気になってしゃあないわ。伊勢海老のうて、年が越せないというわけないやろ。今年は欠いても、一匹三文ぐらいの安い時、二匹《こ》買うて勘定合わせるんがええ。ない物食おうと、無理言う年徳《としとく》[48]の神なら、お出でいただかんでも結構や。ナンヤ、一匹銀四匁やて。四匁が四分になっても、まだ高い。海老などいらんわい」

そう言って、たいそう機嫌が悪い。けれども、女房と息子とが相談して口を揃える。

「世間のことはどうでもかまへんけど、娘の聟《むこ》はん、初めて年始の挨拶に来はるのに、伊勢海老のない蓬莱は、よう出されまへん。いくら高うてもかまへん。買うてきてや」

と、また使いを出した。しかし、もう今橋筋[49]の問屋の手代が買い取ったあとだった。その手代は、五匁八分に値段が決まったところで、正月の祝い物に端金《はしたがね》は縁起が悪いと、銭五百文[50]払って、伊勢海老を持って帰ったそうである。使いの者は、そのあとあちこち探しまわったが、絵に描こうにもまったく見当たらなかった。こんな値の張る物を買う者がいるとは、大坂が広いことを思い知らされた。

家に帰って報告すると、女房は残念そうな顔をしたが、親仁はせせら笑う。

「その問屋、あぶないで。じきに破産やな。内情もしらんで、そんな問屋に金貸したもんの夢見は、さぞ悪かろうて。蓬萊にぜひとも海老が要ると言うのやったら、あとで無駄にならん工夫がある」

と言って、細工人に注文して、紅絹《もみぎぬ》で見事な張り子の海老を作らせた。費用は二匁五分。

「正月のお祝い済んだら、子どものおもちゃにもなる。人の知恵というもんはこんなことや。海老を買《こ》うたら四匁八分かかるところ、二匁五分で済ませてしもうた。しかも後で役に立つ」

と、親仁が長々と説教するが、筋が通っている話なので、みな感心する。これほど富を蓄えた人の知恵は格別だと耳を澄まして聞いているところへ、親仁の母親が顔を出した。屋敷の裏に隠居して、今年九十二歳になるのだが、目がよく見え、足腰も

48　その年の恵方を司る神。正月に、恵方に向けて作られた棚に祀る。
49　北浜の一筋南の東西の通り。問屋が多く、暮らし向きが派手だった。
50　銭一貫文（千文）が銀十二匁の相場で計算すると、銀五匁八分は銭四百八十三文となるが、二十文ほど余計に支払ったことになる。

しっかりしている。その婆様が主屋に来て、我が息子を叱りつけた。

「さっきから聞いていると、伊勢海老の値が張ると騒いでおるようじゃが、今日まで、それ買わんかったお前はアホじゃ。そんなことでは、この所帯は、ようもたんわ。いつでも、節分が新年にある年[51]は、海老の値が高いと心得ておきや。そのわけはな、伊勢神宮やその末社《まっしゃ》、御師《おんし》[52]の家々、町中村々までも、伊勢国は神国やさかい、日本の神々を家ごとに祀るによって、海老が何百万と限りのう要るんじゃよ。毎年、京や大坂に運んでくる海老は、この神々に供えた残りものじゃ。この婆、そこを考えて、今月の中頃には、折れた髭、継いだりしない生まれたままの上等な海老、四文ずつで二つ買《こ》うておいた」

そう言って、伊勢海老を二匹出した。みな、横手《よこで》を打って感心して「それにしても、御隠居はん。一つで済みますやろ。二匹も買うのは、奢りでっせ」と言う。

「わて、当てのないこと、ようせんわ。毎年きまって歳暮に、牛蒡《ごぼう》五把、太いと三把くれる人、おるんじゃ。同じくらいの値のもん、返さんとあかん。そこへ、これ一つやって、一匁の牛蒡を四文の海老で済ますつもりや。まだ歳暮持って来《き》いへんのは、主屋の幸せじゃ。一匹やってもええ……けど、親子の仲でも、損得勘定はしっかりしといたほうがええじゃろ。海老が欲しいんやったら、牛蒡五把持って取りにきてや。どのみち牛蒡に替える伊勢海老や。わてはかまへん。どちらも祝い物で、のうてもかまへんとは、よう言われん物じゃ。欲得ずくで言うんではないで、よう聞きや。五節句[53]の遣り取りは、先方から届いた物の値段を吟味して、同じくらいの値に見えて、先方がちびっと得するような物を返すんじゃ。毎年、伊勢の御師殿から、御札を入れた御祓箱に、鰹節数本・伊勢白粉一箱・折本の伊勢暦・上等な青海苔五把を添えて、歳暮に貰う。かれこれ細こう値踏みして、銀二匁八分がとこじゃ。これ貰《もろ》うて、銀三匁のお初穂を差し上げれば、銀高で二分余って、お伊勢様は損したことにならへん。うちでは三十年来そうしてきたのに、お前の代になってから、銀一枚、四十三匁も差し上げるそうやないか。いかに信心からと言うても無駄な出費や。大神宮も、計算もせんで金をつかう人など嬉しいとは思わんで。その証拠に、賽銭でさえ鳩の目[54]という鉛

---

51　旧暦では節分が年内にある年と新春にある年とがあった。
52　下級神職。諸国の信者をまわって年の暮れに上質な伊勢産の白粉、伊勢暦などを配った。
53　人日《じんじつ》（正月七日）、上巳《じょうし》（三月三日）、端午（五月五日）、七夕《しちせき》（七月七日）、重陽（九月九日）。
54　伊勢神宮にだけ通用する、賽銭用の鉛製穴あき銭。

の銭こさえて、一貫文のところ、実際は六百文で済むようにしてはる。末社めぐりも、ずいぶん銭のかからぬようにしてはるんじゃ」

そうは言っても欲の世の中。末社百二十社のなかでは、賽銭の多いのは恵比寿、大黒天の福の神だが、「多賀明神[55]は長寿の神、住吉明神[56]は海上安全、出雲大社[57]は縁結び、鏡の宮[58]は娘の顔を美しゅうしてくださる神、山王権現[59]は、二十一人の奉公人を使うようにしてくれる神、稲荷様[60]は財産の尻尾がみえないように護ってくださる神」と、宮案内の神主が、商売口をたたく。これは皆、さしあたって御利益のある神だから、お初穂も集まるが、そのほかの神々は、ありがたい神様なのだが、お賽銭の方は寂しいかぎり。神さえ、銭儲けには苦心する世の中だから、ましてや人間は一刻の油断もならない。

例年、伊勢から、御師が諸国の信者を廻って渡す祝儀状は、大変な数になるので、筆達者に手間賃を払って書かせる。一通一文ずつ手間賃をもらって、大晦日から翌年の大晦日まで書き暮らす。同じ事ばかりしていて精も根も尽き果てても、年中に二百文稼げる日は一日もない。「神前長久民安全、御祈念のため」と文面に書くのは、まさに生活のためである。

## 手紙を届ける鼠（鼠《ねずみ》の文《ふみ》づかひ）

大掃除は、毎年十二月十三日に行う。[61] この日は、祝い物だからと、菩提寺から月の数と同じ十二本の笹竹をもらい、それで天井の煤掃きをする。使った笹竹の幹は、板葺き屋根の押さえ竹に使い、枝は箒に結わせて、塵も埃も捨てないような、随分ケチな人がいた。

55 現、伊勢市豊川町の外宮第一の別宮。滋賀県犬上郡多賀町の多賀明神と混同する。
56 現、大阪市住吉区の住吉大社。航海安全の神。
57 現、出雲市大社町の出雲大社。
58 現、伊勢市朝熊《あさま》町にある伊勢神宮内宮末社。日月二面の神鏡を祀る。鏡の縁で、娘の顔を美しくする神と洒落た。
59 現、大津市坂本本町の日吉《ひえ》山王権現（日吉大社）。末社が二十一ある。
60 現、京都市伏見区深草藪ノ内町の伏見稲荷。
61 十二月十三日に、公武や民間で煤払いをした。

この男、去年の暮れは十三日が忙しく、大晦日に煤掃きをした。年に一度沸かす水《すい》風呂《ふろ》[62]には、五月節句の粽《ちまき》の殻やら盆の蓮の葉やら、ごみを溜めておいて「湯、沸くにはかわらへん」と、薪の替わりにする。こんな細かなことにも人一倍気をつけて、無駄を数え上げては利口顔をした。

同じ屋敷の裏に隠居所を建てて母親が暮らしていた。この男を産んだ母なので、そのケチなことといったら並外れている。塗り下駄の片一方を、水風呂の釜に焚きつける時、しんみりと昔を思い出す。

「ほんに、この下駄は、わてが十八で、この家に嫁に来たとき、雑長持に入れて持ってきたものや。それから、雨の日も雪の日も履いて、歯がすり減っただけで、五十三年、ずっと一緒におった。わて一代は、この一足で済ますつもりでいたんやが。惜しいかな、片一方を、クソ野良犬に喰わえられて無くしてしもうた。もう履かれんさかい、しかたないわ。今日、燃やしてしまうのやな」

と、四、五度も愚痴を言ってから、やっと風呂釜の中へ投げ入れた。それから、また一つ思い出したようで、なにやら悲しそうに、はらはらと涙をこぼした。

「月日がたつのは夢のようじゃ。明日は一周忌になる。惜しいことをしてもうた」

と、しばらく嘆きやまない。

その時、水風呂のもらい湯をしていた近所の医者が「めでたい年の暮れに、泣くのはおやめなはれ。いったい元日に、どなたがお隠れにならはった」と尋ねた。

「どなた？　わて、愚痴っぽいからというても、人が死んで、こげに悲しむことはあらしまへん。惜しんでいるのは、お年玉に妹からもろうた銀。元日に堺の妹が年始に来《き》はって、銀一包みもろうたんですわ。嬉しゅうて、嬉しゅうて、恵方棚へあげておいたのに、その夜、盗まれてしもうた。そやかて、家の勝手を知らない者が盗めるもんではあらしまへん。その後、いろいろ神さんに願をかけても、出てきまへん。そんで山伏に祈禱を頼んだんですわ。『その銀七日のうちに出ますれば、護摩壇[63]の上の御幣が動き、お灯明が次第に消えます。さすれば大願成就まちがいなし』と言わはった。ほんまに、ご祈禱の最中に御幣が揺れて、お灯明がかすかになって消えましてん。神仏の霊験《れいげん》あらたかで、まだ末世ではあらへんと、賽銭を奮発してな、百二十文。百二

62　風呂桶の下に焚き口を設けて湯を沸かすようにした風呂。
63　護摩を焚く炉や御幣を挿す壺を置いた壇。

十文もあげて、七日待っても、その銀、いっこうに出てこんわ。悔しゅうて、この事、ある人に話すと『それ、盗人に追い銭というもんだわ』と言わはる。『今時は、仕掛け山伏ちゅうもんがおって、人を騙します。護摩壇にからくりを仕組んで、紙の人形《ひとがた》に土佐踊り[64]させたりしますのや。これ、こないだ松田[65]ちゅう手品師がしてましたで。今の人、賢すぎて、簡単な仕掛けでころっと騙されますのや。さっき御幣が動いたと言うてはりましたな。それは、御幣を立てておく台の底に壺があって、泥鰌《どじょう》を入れておきますのや。山伏が数珠をさらさらとおし揉んで、東方にナンヤラ西方にナンヤラ唱えて、独鈷《とっこ》と錫杖《しゃくじょう》[66]で壇を乱暴に敲《たた》きます。驚いた泥鰌が上を下への大騒ぎ。御幣の串に泥鰌が当たれば動きますやろ。知らない人が見れば、そりゃ恐ろしいわな。それと、灯明が消えたんでっしゃろ。あれは、台に砂時計を仕掛けて、皿の油を抜き取るんですわ』この話を聞いてからに、損の上に損をしてもうたと、もうあきまへん。わて、この年になるまで、銭一文落としたことないねん。今年の大晦日は、この銀、見つからんさかい、当てがはずれて、正月いうても気がかりで、何してもつまらんし、ちっともめでとうはない」

と、この婆さんは、他人が聞いているのにもおかまいなく、大声で泣き出した。家の者は閉口して「わしらが銭盗ったと疑われては迷惑や」と、この銀が出てくるように、めいめい心の中で神々に祈ったのだった。

あらかた煤掃きもすんだので、屋根裏まで調べたところ、棟木の間から杉原紙[67]で包んだものが一つ出てきた。よくよく改めてみると、隠居婆さんの探していた年玉銀にまぎれもない。

「人の盗まんもんは、この通り出てくるもんですわ。さてさて、憎い鼠め」

そう言ったけれど、婆さんは納得しない。

「こげに遠歩きする鼠、見たことあらしまへん。頭の黒い鼠の仕業や。怖いわ、これからは油断でけへん」

と、畳を敲いて喚《わめ》きちらした。それを聞いていた医者が水風呂からあがって、婆さ

---

64 土佐の念仏踊り。鉦《かね》を叩いて念仏を唱えながら踊る。

65 江戸で、ぜんまい仕掛けのからくり人形の興行をした松田播磨掾《はりまのじょう》。

66 独鈷は、古代には武器だったという密教で用いられる金属製の仏具。錫杖は、修行者の携えた杖で、上部に金属製の輪がある。

67 懐紙などに用いた播磨国杉原村産の奉書紙。

んを説得する。

「こういうことは、古代にも例がある。聞きなはれ。人皇三十七代孝徳天皇[68]の御時、大化元年十二月晦日に、大和国岡本の都を難波長柄《ながら》の豊碕にお移しになったとき、大和の鼠も一緒に引越しをした。鼠が、それぞれ世帯道具を運んでいったのもおかしいことやった。巣穴をごまかす古綿、鳶《とび》から姿を隠す紙の夜具、猫に見つからぬ守り袋、鼬《いたち》を防ぐ尖《とが》り杭《ぐい》、鼠捕りにつかう枡落としのつっかえ棒、油火を消す板切れ、鰹節を引く枕木、そのほか、嫁入りのときの熨斗《のし》。ゴマメの頭、熊野参りの小米苞《こごめづと》[69]まで、二日がかりの道をくわえて運んだというさかい、まして隠居所と主屋の間など、鼠が運ばないことはあらへん」

こんな具合に、年代記を引用しながら婆さんを説き伏せようとするが、納得しない。

「もっともらしゅう言わはるが、この目で見ないかぎりは信用でけへん」

と我を曲げない。困り果てた家の者がやっと思いついて、長崎水右衛門[70]が芸を仕込んだ鼠使いの藤兵衛を雇うことにした。

「只今、あの鼠が人の言うことを聞き入れてさまざまな芸をいたします。まず、若い衆に頼まれて恋文を届けます」

鼠は、封をした手紙をくわえて前後を見回し、見ていた人の袖口に手紙を入れた。また、銭一文を投げて「これで餅、買《こ》うてきや」と言うと、銭を置いて、餅をくわえて戻ってくる。

「御隠居はん、いい加減に我張るのをやめてほしいわ」

「これ見ると、鼠も銀包みを運ばないもんではない。よう分かったわ。疑いが晴れました。けど、こんな盗み心のある鼠が主屋におったのが不運とあきらめなはれ。まる一年、この銀を遊ばしておいたさかい、その利息、主屋からきっちり払《はろ》うてもろうで」

と、言いがかりをつける。年利一割五分の計算で、利息を十二月晦日の夜、きちんと受け取って「やっと、ほんまの正月や」と、この老婆は、満足げに独り寝をした。

68 神功皇后を十五代として、三十七代にあたる。難波遷都と鼠については『日本書紀』二十五によるが、家財道具を鼠が運んだというくだりは、西鶴の創作。
69 熊野参詣の道中に食料にする米を入れた藁苞。
70 江戸の湯島天神前に住んでいた獣つかいの芸人。

# 胸《むね》算《さん》用《よう》　巻二

## 大晦日は一日千金

## 目録

## 会費は銀一匁の講仲間（銀《ぎん》壱匁の講中《こう》）

人が金持ちになったのは運に恵まれていたから、というのは言葉の上のことで、本当はめいめいが知恵才覚で金を稼いで、その家が栄えたのだ。これぱかりは、福の神の恵比寿様でも思うようにはならないものである。

さて、大坂の金持ちが集まって大黒講《だいこくこう》1を始めた。諸国の大名衆への貸し銀《がね》の相談のほうが、酒宴遊興よりはずっと面白いと思っている連中である。集まる座敷も、遊里に近いところは避け、生玉下寺町《いくたましたでらまち》2の寺の貸座敷を借りて、毎月、銀を貸した大名の資産を詮索ばかりしていた。老い先短い老人なのに、後世のことなど忘れて、貸し銀の利息が貯まって富貴になることだけを楽しみにしている。

金銀があればあるほど、めでたいことはないのだけれど、二十五の若盛りから三十五の男盛りまで油断なく儲けて家業を軌道にのせ、五十の分別盛りに家督を惣領に渡し、六十になる前に気ままな隠居生活に入って寺参りを楽しむというなら、世間体が良いというものである。この老人たちは仏法など素知らぬ顔で、欲の現世に住んでいる。死んでしまえば、たとえ万貫目持ち[3]の大金持ちでも、経帷子《きょうかたびら》一枚以外は、皆この世に残して三途の川を渡らねばならない。なのに、この大黒講の老人たちには、二千貫目以下の金持ちは一人もいないのである。

近頃、財産を少しずつ自分の働きで増やして、二百貫目、三百貫目、あるいは五百貫目の財産をもつようになった金持ち二十八人が相談して一匁講という親睦会を始めた。毎月、集まる座敷も決めず、一匁の仕出し飯を取り寄せて、酒が飲める者も飲めない者も、酒抜きで集まった。遊び事にも倹約第一、まったく窮屈な会合である。朝から晩まで、世知辛い金儲けの話ばかりしている。とりわけ、銀を貸すのに確かな借り手をよくよく吟味して、一日でも銀を遊ばせない工夫を凝らしていた。

この者たちが金持ちになったのは、貸し銀の利息を取って稼いだからで、今の世の

---

1　大黒信仰を名目にした町人の親睦会。
2　生玉神社（現、生國魂神社）のある高台の西方。寺社が多い。
3　銀一万貫目。銀五百貫目あれば「分限」、千貫目あれば「長者」と言われた。

商売で、金貸しより良いものはない。そうは言っても、最近は、見せかけだけで内情の苦しい商人が、多額の借金をしてわざと倒産するので、想定外の損をすることが度々ある。けれども、借り手を気にしていては金貸し稼業などやっていけない。

「これからは、できるだけ借り手の内情、調べあげてな、わいら講仲間で、互いに情報を交換して、銀を貸したらええやないか。どや。申し合わせたからには、出し抜いたらあかんで。手始めに、この大坂で、決まって銀借りる者の名、書き出して細かに詮議しよやないか」

「そりゃ、もっともや」

「まず、北浜[4]で商いしてはる何屋の誰それ。金銀と資産合わせて、少のうても銀七百貫目の財産あるやろな」

と、ある者が言う。

「その見立てはあかん。八百五十貫目の借銀《かりがね》あるで」

その額の差に、その場の面々が肝を潰した。

「ここが大事なとこや。ご両人の見立ての根拠、じっくり聞いて、参考にしよやないか」

と、二人の意見を聞くことになった。

「わいが金持ちと見たんは、あの商人、一昨年十一月に娘を堺に嫁にやった。その時、嫁入り道具の行列が今宮[5]から長町の藤の丸の膏薬《こうやく》屋[6]の門まで続いて、ナント、そのあとに十貫目入りの銀箱[7]五つ、青竹で大男に担わせていかはった。天満《てんま》天神のお祓い祭[8]の行列のようやったで。あの家、ほかにもぎょうさん男子がおるのに、余裕がのうては、娘に五十貫目の持参銀、ようつけられんわ。そう思うて、先方がいやと言わはるのを、無理矢理この三月過ぎに二十貫目、貸し付けました」

「そりゃ、お気の毒に。いずれ、あの家、破産しますによって、その二十貫目が、一貫六百目ばかりで、戻ってきますわ」

4　現、大阪市中央区北浜。商業の中心地で大商人が多かった。
5　摂津国西成郡今宮村（現、大阪市浪速区恵美須町）。当時は、大坂の郊外。
6　長町一丁目（現、大阪市中央区日本橋《にっぽんばし》筋一丁目）に、藤の丸を商標にした久兵衛という膏薬屋があった。
7　銀十貫目を入れた銀箱で、上方で用いられた。
8　神輿渡御の夏祭り。六月二十五日が天満天神のお祓い祭。

それを聞いた親仁は顔色が変わって、箸を持ったまま集め汁[9]が喉を通らない。

「今日の寄合で、とんでもない話を聞いてしもうた」

と、事情を聞かないうちから涙をこぼした。

「いっそのこと、あの家の内情知りとうおます」

「ならば言いますけど、その聟殿《むこどの》のほうでも、よっぽど困っているとみえて、芝居興行で借りるのと同じ、そりゃ高い金利[10]で、あちこちから銀借りてまっせ。こんな高い利息、芝居で一発当てるのならともかく、どんな商売してもあきまへんわ。十貫目入りの銀箱の値段は、金物まで打っても、一つが三匁五分でっしゃろ。箱五つで十七匁五分。中には、そこいらの石やら瓦やらが詰まってますのや。ほんまに、人の心ほど恐ろしいもんはないわな。両方の家で外聞を取り繕うて、見せかけばかりの銀箱を仕組んだものでっしゃろ。わいなら、その箱を開けて、ほんまの丁銀が入っていたとしても、それが持参銀とは、よう思いまへん。あのぐらいの身代なら、持参銀は丁銀二百枚[11]でも多すぎますわ。嫁入り支度ぬきで、せいぜい五貫目がとこでしょう。なんと皆はん、わいの言うてること、違いまっか。さしあたって、あの家に銀を貸すなら、一、二年に二貫目ばかり貸してみて何事もなかったなら、今度は四貫目ほど五、六年貸して、確かなこと見届けてから、二十貫目貸すのが良いと思いますわ」

一同は「そりゃ、もっともや」と声をそろえた。これを聞いた親仁は道理を詰められて、帰りには足腰が立たないぐらい嘆き悲しんだ。

「わいは、この年まで、人の財産を見間違えたことなかったのに、今度という今度は、しくじってしもうた」

と、男泣きする。

「なにか良い知恵はありまへんか、ありまへんか」

とすがりつかれて、さきほどの世知賢い男が「あんたはん、千日千夜思案しても思いつきまへんやろ。貸した銀子を無事に取り返すには、この手一つしかあらへん。教えてもええんやけど、上等の紬一疋《つむぎいっぴき》[12]でどうでっしゃろ。引き替えに確かに銀子取り戻してみせますわ」と言う。

9　魚鳥の肉と野菜を煮込んだ味噌汁。
10　芝居への出資は投機的だったので、二割以上の高利で貸し出された。
11　銀一枚は四十三匁。二百枚は銀八貫六百匁。巻一注9参照。
12　絹織物の長さの単位で、当時は鯨尺五丈二尺を一疋と言った。約十九・八メートル。

「それはもう、中綿《なかわた》まで添えてお礼に差し上げます。どうかお頼み申します」

「ならばこうしなはれ。今から、以前より懇《ねんご》ろにしはって、そろそろ天満の船祭[13]の時分になるのが幸い、祭りの日に河岸の桟敷で女房どもに見物させたいと招待しなはれ。二十五日にお内儀をやって、先方の内儀としみじみ内輪話をさせたらええ。一日遊んでいるうち、向こうの息子どもがもてなしに出てくるにきまっとりますわ。内儀は二番目の息子の器量を褒めまくる。ここが肝心。『賢そうな目つきしてはるわ。貴女《あんた》はんの息子にしては、気にしたらあきまへんで、鳶が孔雀を産んだとはこのことや。ほんまに玉のような美男やなあ。あつかましいと思うかもしれまへんけど、わての娘を妻合《めあわ》せて聟にしたいわ。お酒いただいてその勢いで言うんではあらしまへん。我が子ながら娘も十人並みの器量でおます。親仁殿も、一人娘やさかい、持参銀に五十貫目は持たせてやると、常々言うております。それに、わての自由になる財産が三百五十両、それに長堀川沿いの町筋にある角屋敷は捨て売りにしても二百五十貫目、仕立ててから袖も通していない衣装が六十五着ありますねん。一人娘よりほかにやる者がいはりまへん。この息子殿がわての娘の聟殿や』と、思いつめたような顔をしなはれ。これがきっかけで、この後に折々少しずつ贈り物をしはったなら、あちらはんからもお返しがあるさかい、損にはならしまへん。機会があったなら、その息子に手伝いたのんで、銀を量る傍で、数を数えさせたり、銀包みに極印を打たせたり、[14]内蔵に運ばせたりして一日使《つこ》うて帰します。その後、先方の身内を見立てて密かに呼んで『あちらの二番目の子、女房がどう思いこんだやら、是非、聟にと望んでおります。急いでということではあらしまへん。なにかついでがおましたなら、娘をもろうてくれる気があるか、聞いてもらわれへんやろか。ぶっちゃけて言いますわ。銀千枚はどこに嫁にだすにも持参させようと思うております』と申し渡す。先方に、その話が通じた時分を見計らって『内々お貸しした銀子が入り用になってもうて』と言うてやれば、欲からなんとか工面して返すこと、手にとるように確かですわ。こう仕組むよりほか、ありまへんな」

そう教えて別れた。

その年の大晦日。銀を貸した親仁が満面の笑みを浮かべて門口に入ってきた。

13　六月二十五日の天満天神のお祓い祭だが、天神橋から船で戎島の御旅所まで船渡御した。

14　この場合は、銀の重さを量って紙包みにし、信用のため両替屋の印を打つことをいう。

「いや、おかげおかげ、おかげさんで、二十貫の銀、元利あわせて、二、三日前に受け取りましたわ。あんたはんのような知恵者は、ほんま金貸し仲間の重宝でんな」

そう言って、頭をたたく。

「そいで、あんときは紬一疋と言いましたけど、これで堪忍しておくれやす」

と、紬よりはるかに安い白石産の紙衣[15]二反を差し出して「中綿は、正月になったら」と言い捨てて帰って行ったそうな。

## 嘘も只では通らない茶屋（詭言《うそ》も只《ただ》はきかぬ宿《やど》）

人々がみな、月代《さかやき》剃って髪結って[16]晴れ着に着替えて外出するのは、まことに正月らしい景色である。しかし、はた目には分からないが、年の越しかたは人それぞれである。家計がにっちもさっちも行かないこの商人は、掛け買い代金をどこにも支払わないと腹をくくって、大晦日に朝飯を済ますと、すぐに羽織に脇差をさした晴れ着姿で外出の準備をする。

「何事も我慢というものがあるんや。暮らし向き、ようなったら、乗物に乗せたるわい。夕べの鴨の残りを酒煎り《さかいり》[17]にでもして喰うといて。借金取りが来たら、正月の福引き銭一貫文だけのけておいて、あとは、あるだけ銀支払う《かねしはろ》ておいてや。のうなったら、かまへんからうっちゃって、借金取りの顔見んように、横向いて寝ちゃれ」

機嫌の悪い女房には、こう口早に言い捨てて家を出て行く。こんな商人の身代がもつはずがない。一日一日と銭が足りなくなり、自分でも分かっていながら、にわかに考えをあらためるわけにもいかないのだ。こんな者の女房になるのも因果なことで、子をもたないうちに老けてしまう。

借金取りの始末を女房にまかせたこの男、一銭でも大切な大晦日に、紙入れに一歩金[18]二つ三つと豆板銀[19]三十匁ばかり入れて、借金のない色茶屋にあがりこんだ。

15 陸奥国刈田《かった》郡白石領倉本村（現、宮城県白石市）産の上質な紙衣二反。紬だと二疋という。
16 京の童謡の一節。「おらがとなりのぢいさまが、あんまり子どもをほしがって、京都鼠をとらまへて、月代剃って髪結うて（略）」。
17 肉や野菜を鍋で煎り、しょうゆと酒で味をつけた料理。
18 一歩（分《ぶ》）金。四分の一両にあたる方形の金貨。付録「十七世紀の貨幣制度」参照。

「ここ、まだ支払い済んでおらんのかい。請求書が散らばっておるやないか。これまとめても、たかだか銀二貫目か三貫目やろ？　人の家には分相応の出費があるもんやけど、わいの家では、呉服屋だけで六貫五百目の支払いあるんや。ほんま、物好きな奥方をもっと難儀やで。いっそのこと離縁して、その銀《かね》、女郎狂いにつかいたいもんや。そうでけへんのは、この三月に孕《はら》んで、よりによって今朝から産気づいてしもうた。今日生まれるによって、はや手回しよく、乳母を雇ってくるやら、三人も四人も産婆が来るやら、出入りの山伏が変成男子《へんじょうなんし》[20]の祈禱をするやら、腹帯を締めかえるやら、安産のために、子安貝だの左手に握らせるタツノオトシゴだの探すやら、えらい騒ぎやで。かかりつけの医者は、次の間で薬鍋しかけて早め薬[21]を煎じてはる。なんにするんか知らんけど、松茸の石突き[22]まで取り寄せて、姑が来はって世話を焼く。わやわやと、やかましいこっちゃ。『お産のときには、亭主は家におらんほうがええ』と言うさかい、ふらふら、ここに来たわけや。わいの身代知らんもんは、借金取りに責められて逃げてきたんかと勘違いするかもしれへんが、わやや。気色悪いで。わいは、この界隈では一銭も借金のない男や。現金払いするさかい、子が生まれるまで、この宿貸してもらうで。ところで、ここの肴掛けの鰤、ちっこいのう。気にいらんわ。大きいのを買《こ》うたらええ」

そう言って、金一歩を投げ出すと、茶屋の女房は「ほんに、うれしいですわ。亭主に内緒で欲しかった帯買います」と愛想笑いする。

「今年の暮れに、あんたはんのように気前のええお客はん来はって、年が明けて来年は幸せいっぱい夢いっぱい。台所の酒盛りは洒落すぎです。奥へお入りやす」

「わい、ご馳走も普段と変わったうまいもん好きやが、かまへんか」

そう言われて、樽から汲んだ酒を燗《かん》するのもおもしろい。そのあと、茶屋の女房は畳算[23]をして「三度占っても同じこと。お坊ちゃんが生まれはることに違いありまへん」と、お世辞を言う。茶屋の女房の当て推量とこの男の真っ赤な嘘とが一つになっ

19 指頭大の三、四匁程度の銀貨。重さを量って流通した。小粒、細銀《こまがね》、露などとも呼ばれた。付録「十七世紀の貨幣制度」参照。
20 女子を男子に変えるという祈禱。
21 分娩を早める薬。
22 松茸の根の部分を味噌汁にすると出産後の痛みが止まるという。
23 遊里で行われた占い。簪《かんざし》を畳に落として、そこから畳の縁までの編み目の数で吉凶を占う。

てしまった。気苦労のない遊里では、大晦日に三味線を弾かせても投節《なげぶし》[24]をがなっても、遠慮は要らない。その投節の歌詞のように、男は「嘆きながらも月日をおくる」という生活をしてきたのだが、大晦日の今日一日がなんとまあ、長いことか。そう感じるのは、この男には、山ほど心配事があるからだろう。普段なら日が暮れるのを惜しむはずなのだが、大晦日の一日は、それとは大違いである。

屋敷に呼んだ茶屋女は勤めの身だから、大晦日でも心を春のように浮き立たせて、おかしくもないのに笑い顔をする。

「こうして、一つ一つ年とっていくなんていややわ。この前まで、正月になったら羽根つきできると嬉しかったんに、もう十九歳や。まもなく脇ふさいで[25]、嬶《かかぁ》と呼ばれんのでっしゃろ。振袖着られるのも今年が最後」

ところが、この男は女の都合の悪いことはよく覚えている。

「おっと、お前はん、京の花屋ちゅう色茶屋に、留袖着て勤めてはったとき十九と言ってはったな。二十年以上も前のことやで。勘定すると三十九。その年にもなっても振袖着とるんか。もう浮世にやり残したことあらへんやろ。年ごまかせるのも小柄に生まれついたおかげやで」

と、高飛車にでて、昔を暴露すると、この女は「かんにんや」と手を合わせる。気づまりな年詮索はやめてうち解けて枕をかわした。

そのうち、この女の母親らしい者が来て女をそっと呼び出し、一言二言、言葉をかけてから「しかたないことや。顔の見納め。十四、五匁のことで、身投げます」と言う。この女は涙ぐんで、今まで上に着ていた郡内縞《ぐんないじま》[26]の小袖を風呂敷に手早く包んで親に渡した。その様子を何とも見かねた男は、また一歩金をあげて風呂敷包みを戻してやった。

その後、この男が得意になって大声で話しているのを、歌舞伎若衆の草履取りらしい者二人が聞きつけて、この茶屋に乗り込んでくる。

「旦那、ここにおいでか。お宅に今朝から四、五度も行ったけれど、お留守なのには困りはてましたわ。ようやくお目にかかれました」

24　島原で流行した俗謡。「なげきながらも月日をおくる、さても命はあるものを」（『当世なげぶし』）。
25　成人すると袖脇をふさぐ。
26　甲斐国都留《つる》郡（現、山梨県都留市）で産した絹織物。

と、なにやら男と談判してから、有り銀《がね》は残らず、羽織と脇差、上着を一枚取り上げて「あとの分は正月五日までに頼みますよ」と言い捨てて帰った。

この男は、ばつが悪くなり「ああねだられては、恵んでやらんわけにはいかへん。節季に出歩いたのがあかんかった」と、こんな状況でも、もっともらしい顔をして、明け方に帰っていった。

「アホというのは、ちっとは取り柄のある者を言うんや。こりゃ、あかん」

茶屋の連中は、この件を笑い話にして、一件落着。

**なるほど、倹約が大切（尤始末《しまつ》の異見《いけん》）**

遺産分配は、たとえば銀千貫目の財産があれば、長男に四百貫目と屋敷を譲り、次男には三百貫目のほかに家を買ってやり、三男は百貫目を付けて養子に出すのが、世の決まりである。もし娘がいるのなら、三十貫目の持参金に二十貫目の嫁入り道具を拵えて、自分より少し軽い身代の家に嫁がせるのがいい。昔なら四十貫目の嫁入り支度をして十貫目の持参金を付けたものだが、今時は人心が変わって、嫁より銀《かね》のほうに目を向けるようになってきたので、着物を入れる塗り長持には丁銀を入れ、雑長持には銭を詰めて送ったほうがいい。

娘の器量が悪く、蠟燭《ろうそく》の明るい灯ではちょっと見せられない顔でも、三十貫目の持参金が花と咲いて、花嫁様ともてはやされるものだ。なんといっても金持ちの子は、小さいときからご馳走を食べて育ち、頰をつまみ出したような丸顔でも愛嬌がある。また額が不格好《ぶかっこう》に出っ張っていても、被衣《かずき》[27]がよく似合う。鼻の穴が広いのは息遣いが荒くならなくていいし、髪が少ないのは夏涼しくていい。腰が太いのは普段から打掛小袖[28]を着ているので気にならない。指が太くたくましいのは、お産の時、産婆の首にしがみつくのに都合がいい。嫁入り先で、こんなふうに、持参金の多い嫁の欠点を言いつくろうには理由がある。

「ここが肝心の胸算用やで。エエカ、持参金の、三十貫目の銀をたしかな両替屋に、

27　外出時に、女性が頭からかぶって顔を隠すのに用いた服。
28　帯を締めた上から羽織る裾長の小袖で、裕福な町人の婦女の着る礼装。

月六厘の利息で預けてみい。毎月百八十匁ずつの収入やで。これでわいら四人の生活はばっちりや。それに嫁は、腰元、仲居、お針子《はりこ》まで連れてきはる。われの持参金で飯食いながら、亭主の機嫌取ってくれはる。マア、気きいて欲のない留守番やと思えばええやんか。べっぴん見たければ、色里には、それ専門なのがぎょうさんおるわ。夜でも夜中でも『あら、いらっしゃいませ』と迎えてくれはる。楽しいで。ただ翌朝鐘が鳴って、七十一匁[29]の銀《かね》支払うときはおもろうないけどな」

つくづく考えてみると、揚屋で飲む酒は小盃一ぱいが銀四分《ふん》ずつの勘定になる。若衆宿[30]で食べる奈良茶飯は、一ぱいが銀八分ずつにあたるという。細かに計算すると、随分高くつくものだが、「焙烙《ほうろく》の一倍[31]」という諺どおり、仕方のない面もある。遊里では、義理を欠き恋も捨てて、食い逃げする大尽もいて、損をすることも多いからだ。だからといって、食い逃げ大尽に強く借金を請求することもできず、その客は死んだことにして、さっぱりと帳消しにする。

「おのれ、あの世で餓鬼道に落ちて、この世で料理好みして喰うた煎り鳥や杉焼[32]がクワックワッと燃え上がって、恐ろしゅうて食われへんぞ。飯代払わんかった罪、思い知れ」

と、揚屋の亭主が、火箸で火鉢を叩きながら恨んでいる顔つきは、飛騨縞[33]の羽織をもらったときのにこにこ顔とは一変しておっかない。

そもそも、遊びというものは深入りしないほうがいい。ただ、きっぱりとやめられる人はめったにいない。これを思うと、おもしろくなくても我慢して、女房相手に暮らしたほうがいい。万事気ままな我が家では、晩飯は冷や飯に湯豆腐、あり合わせの干物でも焼けばいい。借家にいる親仁を呼んで、板倉殿の瓢箪《ひょうたん》公事《くじ》[34]の話をさせ、誰に遠慮もなく高枕して、腰元に足の指を引かせたり、茶碗を女房に持たせておいて、寝ながら手も出さずに茶を飲んだりする。どんな我がままを言っても、家では一番偉

29　京の島原遊廓の揚代。太夫五十三匁と、太夫の世話をする引舟女郎十八匁の合計。
30　男色相手の若衆と遊ぶ茶屋。
31　物を炒る焙烙は薄くて壊れやすいので、価格を倍にして売るという意の諺。
32　魚や鳥肉などを杉箱で煮たり、焼いたりした料理。
33　飛騨高山地方（現、岐阜県北部）産の紬縞。
34　京都所司代・板倉伊賀守勝重が、三つの瓢箪を三人の子にそれぞれ与えて遺言を残さず死んだ裕福な町人の家督を、そのまま立って転がらない瓢箪を与えられた末子に相続させたという裁判話（『板倉政要』六）。

い竈《かまど》将軍。家では肩を並べる者がいないのだから、誰も咎める者がいない。楽しみはこれに極まるというものだ。

しかも、旦那が家にいるというので、店の手代も、八坂の色茶屋[35]にしけこむなど無分別な気を起こさず、また御池《おいけ》あたりの出逢い宿[36]で女と逢い引きする約束なども自然とやめるようになる。家にいるからには、手代もボウッとしてはいられず、江戸から来た取引の書状を調べ直して、見落としに気付き、主人の得となることさえあるものだ。丁稚はというと、普段は要らない反古《ほご》を紙縒《こよ》りにするだけなのに、奥の主人に聞こえるように手本を読みながら手習いをするので本人のためになる。まだ宵の口なのに寝たがる下男の久七も、鰤を包んだ菰《こも》をほどいて銭緡《ぜにさし》[37]を綯《な》うし、飯炊きのお竹は、朝飯の仕度を朝やっていては手間がかかると、前日から蕪菜《かぶな》を揃えておく。お針子は日野絹の節[38]を一日分の仕事ほど取ってしまう。猫でさえ厚さ三寸の俎《まないた》を見抜くような鋭い眼光で見張っていて、肴掛けがゴトリとしても、ニャアと声を出す。

旦那一人が家にいるだけで得られる得は、こんなふうに一晩でもはかりしれない。まして一年と見積もると、大変な利益となるものだ。すこしぐらい女房に気に食わないところがあろうと、そこは我慢して、色里はみな嘘ばかりが通用するむなしい世界だと思えば、行かないで済む。ここをわきまえるのが、若主人の代になっても家が安泰になる秘訣である。京都の世慣れた仲人が、おしつまった大晦日に、こんな長物語をした。なにか魂胆のある仲人口でも、聞くだけ聞いておいても悪くはない。都の呉服の大店のところで、今時の女性は、見よう見まねで色里の風俗を真似る。都の呉服の大店の奥様と呼ばれるほどの女性でも、みな遊女と見間違えられるような服装をしている。手代あがりの商人の女房は、だいたいが湯女《ゆな》39そっくりの風俗。それから横町の仕立物屋や縫箔屋《ぬいはく》40の女房にいたっては茶屋女の身なりそのままである。それぞれ身代相応におしゃれをしているのはおもしろい。気をつけて外見を比較してみても、遊女と一般の女性とは、とくに違ったふうには

35　京都東山の八坂神社から清水坂にかけての地にあった色茶屋。
36　現、京都市中京区御池通の、奉公人の口入れ屋で、出逢い宿としても使われた。
37　九十六枚の銭の穴に通してつなぐのに用いる細い縄。
38　現、滋賀県日野地方産の絹織物は、筋糸が太く節が出ることが多い。
39　風呂屋に勤める女性だが、売色をした。
40　刺繍をした上に金銀箔を置く職人。

見えないが、実はそうではない。第一に、素人女は気がきかないし、物言いがくどいし、どこか下品なところがある。手紙の書き方が遊女とは違っていて、しかも酒の飲み方が下手で、歌を唄うこともできない。着付けがだらしなく、起居がもたつき、歩き方も腰がきまらないから、太夫の道中のようなわけにはいかない。寝床で味噌や塩の値を気にするは、鼻紙も一枚ずつ使って倹約するは、伽羅《きゃら》といえば香ではなく、飲み薬のことかと思い込んでいるは、と何やかやと、うとましい事ばかりである。髪形だけは似ているが、遊女と一般女性とを同じように考えるのは間違っている。

そもそも、女郎狂いするほどの男に、世事に疎い者はいない。そういう賢い男が、儲けにくい金銀を、返済を迫られている借金や、訴訟沙汰になっている金の支払いに回さないで、費用の掛かる廓の正月買い[41]の約束を遊女として、十二月十三日は正月の事始めだと、諸経費をすべて前払いするのである。廓遊びがよほど面白いから、そうするので、分かってはいるけれども、どうにもやめられない。

こんな話もある。烏丸通りの歴々の金持ちが、息子二人に、現銀五百貫目ずつ譲り渡した。弟は、それを元手に商売を広げて、間もなく二千貫目の身代だと一門から噂されるほどになった。ところが、兄のほうは譲り受けてわずか四年で廓に入り浸って破産してしまった。その年の大晦日。

「『天道は人を殺さず』というがほんまのこっちゃ。今宵が月夜なら、昔を思い出して、こんな物、売り歩くことようでけへん。闇夜やさかいごまかせるんや」と、長男は紙子頭巾を深々とかぶって山椒や胡椒の粉を売り歩きながら、その日暮らしの年越しをした。うかうかと島原の入口まで来ると夜が白々と明けた。銀のあった時分は、朝早くから廓の大門《おおもん》をくぐって、帰り客と鉢合わせたものだと、昔をしみじみ思い出して帰っていったそうだ。ほんまに気つけないとあきまへんで。

## 支払いの済まない門柱（門柱《かどばしら》も皆《みな》かりの世）

何事も慣れてしまえば物怖じしないものだ。都の遊廓島原の入口は、小唄にも唄われている朱雀《しゅじゃか》の細道[42]という田舎道である。秋の田の実るころ、鳥をおどすために、

41　大晦日から正月三日まで、遊女を揚げ詰めにして、揚屋や遊女屋に庭銭（祝儀）を配る。

古い編笠をかぶらせ竹杖をつかせた案山子《かかし》をこしらえた。ところが、鳶や烏は、普段から焼印をおした大編笠[43]をかぶった島原通いの大尽を見慣れているので、この案山子もお供を連れない大尽かと思って少しも驚かない。そのうち笠の上にも止まり、案山子大尽を粋人扱いして馬鹿にするのだった。

さて世の中で、借金取りに出会うほど、恐ろしいことはないのだが、長年金を借り続けていると、大晦日になっても、借金取りと顔をあわせないために外出するようなことはしない。

「昔から今まで、借金で首切られたちゅう例《ためし》はないはずや。銀《かね》あるのに返さんわけではない。返したいけど、ないもんはないんや。わいの思うようになるんなら、銀の生《な》る木欲しいわ。けど、蒔《ま》かぬ種からそんな木生えるわけないし……アア」

と、ブツブツ独り言をつぶやきながら、庭木の片隅の日当たりのいい所に古莚《ふるむしろ》を敷き、男が、真魚箸《まなばし》[44]を傍らに置いて包丁の切刃を磨《と》いでいる。

「せっかく錆おとしたちゅうても、この包丁つこうて、ゴマメ一匹切るわけでもない。しかし……人の気は分からんでえ。今にも急に腹の立つことできて、自害するかもしれんし……その役には立つやろな。わいは、もう五十六や。命惜しいことはないで。

中京《なかぎょう》45の腹膨れた金持ちどもが、因果なことに若死にしとる。わいの借金、さらりと済ませてくれはったら、伏見稲荷大明神に誓《ちこ》うて、腹かっさばいて身代わりになったるわい」

この男は、そう言って、狐憑《つ》きのような血走った眼で、包丁をいじり回す。そこへ、唐丸《とうまる》46が嘴を鳴らしてやってきた。

「おのれ、死出の首途《かどで》に血祭りや」

と、男は、その細首を打ち落とした。

それを見ていた借金取りたちは肝を潰して、こんな狂った男に、言いがかりをつけ

---

42　丹波口から島原の大門にいたるたんぼ道。「通い馴れにし朱雀の野辺の、露はものかはわが涙」（『松の葉』五）など、投節に唄われた。

43　丹波口一貫町の茶屋の焼印をおした編笠で、大尽客はこの編笠を借りて、茶屋の亭主の案内で島原に入った。

44　魚鳥を料理するときに、左手に持って使う鉄製の箸。

45　下立売通《しもだちうり》から南へ三条通までを言う。烏丸、室町付近は呉服屋、両替商など裕福な商人が多かった。

46　大柄で黒色をした鶏。

胸算用

られては面倒だと、一人一人帰り出した。すぐに逃げられるように、土間の茶釜の先で立ち止まって「あんな気の短い男と連れ添うて、縁とはいえ、お内儀はんがほんまに可哀想や」と、一言嫌みを言い捨てて帰って行った。これは、よくある借金取りの撃退法だが、たちの悪い節季の済ませかたである。この男、借金取りに一言も言い訳をせず、さらりと、かたを付けてしまった。

ところが、借金取りのなかに、堀川[47]の材木屋の若い者がいた。まだ十八、九の角前《すみまえ》髪《がみ》[48]で、見かけは弱々として女のようだが、気の強いところのある若者である。亭主がおどしを仕掛けている間は取り合わないで、竹縁に腰を掛けて、袂から取り出した数珠を、一つずつ繰《く》っては念仏を唱えていた。他の借金取りが引き上げて静まったところで「さて、お芝居の幕、引いたようでんな。わいの分、受け取って帰りましょ」と言う。

「ナニイ、男盛りの者さえ聞き分けて帰ったのや。われ一人残って、今のは芝居やて」

「おっさん、わいかて忙しいんや。狂言自殺やろ？」

「そ、そんな詮議はいらんわい」

「とにかく、取らなければ帰らんで」

「何を取る」

「銀子やないけ」

「何者が取る？」

「何者？　何物でも取るんが、わいの得意や。朋輩がぎょうさんおるなかで、手に余って取られへん掛け売り代金二十七軒請け負うて、この帳面見てみい、二十六軒済ませておるんや。ここだけ取らんで帰るわけいかんわ。銀支払《かね》わんのやったら、内普請[49]しはった材木は店の物や。もろうて帰るで」

そう言うなり、門口の柱を大槌ではずしにかかる。亭主は駆け寄って「なにすんねん。コラ、勘弁せんぞ」と怒鳴る。

「今時、おっさんの強請《ゆすり》かた古いねん。今風のやり方知らんのやろう。この柱はずし

47　東堀川通二条以北に、材木屋が多かった。
48　半元服の髪型。前髪の額際を剃って角を入れる。十五、六歳で角前髪にし、十七、八、九歳で前髪をおとして元服する。
49　家の内部を修理したり改築したりすること。

て取るんが、今時の借金の取り方や」

と、少しも驚く様子がない。亭主は仕方なく詫びを入れ、掛け買い代金を残らず支払った。

「銀子受け取ったから、何も言うことあらへんけど、おっちゃんの脅しは古いわ。何とか言いがかり付けようとしてはるようやけど、あかんなあ。お内儀にようよう言い含めて、大晦日の昼頃から夫婦喧嘩始めるんや。お内儀は着物を着替えて『この家出て行かへんことはあらしまへん。出ていくからには、人が二、三人死ぬことになります。よろしいおまんな。よう聞きや、分かっとりますのか。是非出て行けと言わはるのやね。出て行かないと言うてるわけではない。わてのほうから、喜んで出て行きますわ』と言わはったとき、御亭主は『何とか借金返して、後々で人から立派な最期やったと言われたかった。人は一代、名は末代というけどナ、是非もない……。今月今日百年目、わいの運も尽きた。』と言うて、何でもかまわへんからそこらの反古を、さも大事そうな顔つきして、一枚一枚ひっちゃぶいて、捨ててしまうんどす。これ見たら、どんな借金取りも、その場から逃げ出しますわ

「今まで、その手は思いつかなんだ。おかげはんで、来年の大晦日は、無事に越せま

すわ。ええか、女房、この手でいくで。お前はん、年は若いけど思案はわいよりごっつう上や。これで互いに年を越せるちゅうもんや、その祝いに一杯やろうやないか」

亭主は、先ほど首を切り落とした鶏の羽根をむしり、吸い物にして酒をふるまった。

材木屋の若い者が帰ったあと、「来年の大晦日まで待てんわ。毎年、夜が更けてから、しつこい借金取りが来るで」と、俄《にわか》に夫婦喧嘩を仕組んで借金取りを追い返し、大晦日を切り抜けた。

誰が言うともなく世間では、この夫婦を「大宮通[50]の喧嘩屋」と呼ぶようになった。

50　京都西端の南北に走る通り。大宮通五条以南は、畳表を商う店が多かった。

# 胸《むね》算《さん》用《よう》　大晦日は一日千金　巻三

## 目録

## 都の顔見せ歌舞伎（都《みやこ》の皃《かほ》見せ芝居《しばい》）

顔見せ歌舞伎初日に演じられる三番叟《さんばそう》[1]は「所《ところ》繁盛と守らん」と、今日めでたく舞いおさめられた。ここ京は、江戸・大坂と並ぶ将軍様の直轄地なので、いざという時、金銀の出し惜しみをしないのは、皆が認めるところである。それというのも普段から胸算用して、随分と倹約に努めているからである。

去年の秋、京都で加賀藩お抱えの金春《こんぱる》流の太夫が勧進能[2]を興行したとき、四日間の桟敷一間《いっけん》[3]につき銀十枚ずつと定められた。こんな高価な桟敷が貸し切りになり空席がなかった。しかも客は桟敷料を前払いした。

今回の出し物は滅多に演じられない秘伝の演目「関寺小町」[4]だというので、これはぜひ見なければと、人々は大層喜んで張り切っていた。ところが鼓の役に障りがあって番組が変更されてしまった。それでも夜明け前から、木戸口には観客が山のように押しかけた。

なかには、自分一人が見物するために、銀十枚の桟敷を二間も買い切った江戸の人がいた。高価な深紅の猩々緋《しょうじょうひ》の毛氈《もうせん》を敷き、道具を置く棚を吊らせ、腰屏風[5]を立て、小物入れの枕箱を置いた。その後ろには料理の間を設けて、さまざまな魚鳥を並べ、竹籠には季節の果物を入れた。もう一つの桟敷には、茶の湯の釜をしつらえて割蓋の杉手桶[6]に、宇治橋・音羽川[7]などと名水の名を書き並べた。医者・呉服屋・儒者・唐物《からもの》屋[8]・連歌師などがいりまじり、その後ろのほうには、島原の揚屋や四条河原の役者宿

1　顔見せ興行と春興行の序幕の前に、祝儀として舞う舞。
2　加賀藩抱えの能太夫権兵衛広富が、元禄四年秋に興行した大がかりな能。寺社の建立を名目とした能で、許可が必要だった。
3　土間より一段高く作られた上級の観客席の一区画。
4　世阿彌作三番目物。型・謡・囃子にむずかしい習い事のある能で、金春流では家元一子相伝の秘曲。
5　腰ぐらいの高さの屏風。
6　蓋が二つに割れている手桶型の水差し。
7　宇治橋の三の間の水と、東山清水寺の音羽の滝の水とは茶の湯の名水。

の亭主に、都で名の知られた太鼓持ち。それに按摩取り、護衛役の剣術つかいの浪人まで控えていた。

　桟敷の下には駕籠を置き、仮湯殿・仮雪隠までしつらえた。何一つ不自由がないようにこしらえて、まことに贅沢な観劇である。こういう人の心は、実に豊かである。この人は、大名の子でもない。ただ金銀の力で贅を極めているのだから、とにかく金儲けをして思いのままに贅を尽くすのがよい。いくら金を使っても減らない算段をして遊んでいるからには、その楽しみは深いというものだ。

　財産がそれほどではない人は、年末を控えて仕入れに忙しい十月ごろになったら金銀を無駄につかってはいけない。九月九日の節句過ぎから、大晦日はまだ先のことだと思って、誰でも財布の紐を緩めてしまうものである。十月初めから天候が不順となり、時雨《しぐれ》が降り、木枯らしが激しく吹くようになってくると、人の気も落ち着かなくなる。なのに、何事も年が明けてからのことだと先延ばしして、当座しのぎのやりくり算段に明け暮れる。必要のない贅沢品の購入や諸職人への細工物の注文も、この時期になると考えを変えてやめてしまう。

　次第に朝霜が降り、冷たい夕風が吹くようになると、人々はみな火燵《こたつ》で丸くなって宵寝する。めいめいの稼業は二の次になって年も押し詰まってからあたふたするのである。

その後、法華寺では御影供《みえいく》[9]、浄土宗の十夜談義[10]、東福寺の開山忌参り[11]、一向宗の御取越《おとりこ》し[12]と、寺の諸行事が続く。十月玄猪《いのこ》[13]の祝儀には、餅をついて夜通し遊ぶ。それから稲荷神社の御火焼《おほたき》[14]の頃になると、四条河原の歌舞伎役者が入れ替わって、顔見せ芝居が始まる。同じ役者でも座が替わると珍しく思われ、観客の心も浮き立ってくる。今日はその座元[15]、明日はこの太夫本、その次は、誰それの座に大坂の若衆方が出演す

8　舶来品を商う商人。
9　十月十三日の日蓮上人忌日に、その御影を掲げて営む法会。
10　十月六日から十五日まで、浄土宗寺院で、毎夜、念仏と法談が行われた。十夜念仏ともいう。
11　十月十七日、臨済宗東福寺の開山 聖一《しょういち》国師の忌日に参詣すること。
12　親鸞上人の忌日十一月二十八日の一ヶ月前、末寺や門徒では法会を営み「お取越し」と称した。
13　十月亥の日に餅をつき、子孫繁盛を祈る。
14　十一月八日、稲荷神社で庭火を焚き、新穀・新酒を供える神事。
15　芝居の興行権者。上方では筆頭役者が「座元」をつとめた。「太夫本」は芝居の興行名義人で、役者を抱えて一座を組織した。

るなどと噂して、芝居茶屋にあらかじめ桟敷をとらせておく。楽屋を通して贔屓役者に祝儀を渡して、「旦那はん、ようお出でやす」と言わせる。そんな無用の見栄のために、気前のいいところを見せるのである。

桟敷で飲んだ提げ重[16]の酒でいい気分になって、芝居が終わっても我が家には帰らない。石垣町[17]の茶屋の二階座敷に役者を呼んで、切狂言[18]の惣踊りをやらせる。ここは御所の辰巳にあたる地[19]だが、そのせいか甲高い調子はずれの声で比叡山にも聞こえそうなほど馬鹿騒ぎをやらかす。こういう遊び方をする商人は誰それ様御出入りの呉服屋、御大名御用達の商人など、京でもよく知られた大町人だが、それでもこういう遊びは、分不相応に奢って見えるものだ。

まして端金で商いをする小商人《こあきんど》は、たとえ気晴らしに観劇するにしても、隣で煙草をのむ人のいない所を探して煙草をねだられないようにして、円座《えんざ》[20]を借りて芝居を見るのが良い。それでも役者や若衆の名を覚えられないわけではあるまい。

さて、荒木与次兵衛座[21]の顔見せ芝居の初日に、左側の二間目の桟敷に、親から勘当されても平ちゃらだというような顔つきの若者五、六人が見物していた。舞台の若衆に色目をつかわせて、平土間の観客を羨ましがらせていた。この若者たちを知っている人がその評判を話すのを聞いてみると、お洒落ななりとは大違い。

「素性、ばれへんと思うとるかもしれへんけど、みな川西[22]の貧乏人どっせ。中京の金持ちのふりして大きな顔してはるさかい、知らない人は歴々の大商人と思うやろな。黒い羽織の男いるやろ。あいつ、米屋に欲得ずくで聟入りして、年上の女房もろうたんやけど、十四、五も年の差ありますねん。母親には二升入りの碓《からうす》踏ませて、弟にはそら豆売りに歩かせとる。ほんま、かっこつけて白柄の脇差さすの、やめてもらいたいわ。その次の玉虫色[23]の羽織の男、膠屋《にかわや》[24]どっせ。どこの牛の骨か分からんけど、

---

16 携帯用重箱。食器や徳利も収納されている。
17 四条河原沿いの茶屋町。色茶屋や男娼をかかえる陰間宿《かげまやど》が多かった。
18 最後の狂言で、役者総出演の踊りがあった。
19 石垣町は御所の辰巳（東南）に位置する。
20 藁で丸く編んだ敷物。平土間の客は銭を出して、これを借りる。
21 初代荒木与次兵衛。大坂で座元を勤めた立役で、武道事、実事《じつごと》を得意とした。貞享《じょうきょう》四年に上京している。元禄十三年、六十四歳で歿。
22 下京《しもぎょう》二条通以南、西洞院《にしのとういん》川以西の一区画で、職人や小商人が多かった。
23 縦糸が赤で、横糸を他の色で織った布地。

人が買いかぶるような衣装着てはる。家を抵当にした借金返さないさかい訴訟沙汰や。東隣に言いがかりつけ、境界争いもすんでへんのに、遊山にでるなど、ほんに狂気の沙汰や。三番目の銀色がかった褐色《かっしょく》の羽織着た男はな、高い利息の銀五貫目借りて、それ持参銀に家具塗師《ぬし》[25]の養子にもぐりこんだあげく、養父が死んで三十五日もたたへんのに、養母を侮って芝居見物や、ほんに義理を知らん男どすな。米や薪はその日その日に現銀買いせにゃならぬくせして、酒の相手に若衆呼ぶのはやめてほしいわ。若衆だって神ならぬ身、かわいそうやけど、銀《かね》になる客と思い込んでいるのやろ。けど、この四、五年買い掛かりの代金支払《しはろ》うたことない男どっせ。あの中の染縞の羽織着た男。小さな銭店出してはるけど、兄さんに三井寺の出家がいるさかい助けてもろうて、間近に迫った年の暮れ、そこそこに越すこともできるやろうけど、ほかはあきまへん、一人も正月迎えられるもん、おりまへんわ」

そう言って、指さして笑っていると、先方では羨ましがっているのかと誤解して、料理の下敷にする椿や水仙花に金柑《きんかん》二つ三つ添えて延紙《のべがみ》に包んだのを投げてよこした。開けて見てまた笑いがこみあげる。

「ほんまのお大尽なら、勘定のとき金柑一つが銀二分《にふん》ずつにはなるやろうけど、あいつらにかかっては喰われ損になるんは知れたことや」

こう言い捨てて、芝居もはねたので帰って行った。

その後も、この男たちは毎日四条河原の芝居見物に通ってくる。いつも同じ着物に色も変わらない羽織を着ているので、色茶屋[26]でも気付いて、支払いのことを言い出したが埒《らち》があかない。それから、ふっつり来なくなった。催促してもさっぱりで、間もなく大晦日になってしまった。

一人は、夜逃げは古風だと、昼逃げして行方知れず。また一人は狂人扱いにされて座敷牢に閉じ込められ、もう一人は自害しそこなって取り調べ中である。

この連中を最初に茶屋に連れてきた太鼓持ちは、盗人同然の輩の保証人になったというので、町役人に厳しいお達しが来ている。貸し銀を抱えた茶屋は、取り付く島もなく、宝船を敷いて寝たが夢見が悪かったとあきらめて、尻に帆をかけて逃げ帰った。

---

24 膠は牛皮や牛骨から作るので「馬の骨」と言わず「牛の骨」と言った。
25 漆塗りの食器を作る職人。
26 役者を呼んで遊ぶ茶屋。

計算では十五両はもらえると踏んでいたのに、この連中が預けておいた編笠三つが残っただけで、大晦日に大損をかぶることになってしまった。

## 年末の餅花は見栄えがする（年の内の餅《もち》ばなは詠《なが》め）

大晦日の掛け取りは、善は急げと手早く家々を回って貸銀を回収する。この日ばかりは、たとえ鉄の草鞋《わらじ》があったとしても、それを踏み破り、韋駄天が世界を駆け巡るようなものである。商人には、そういう意気込みが大切だ。

長年、掛け取りで経験を積んだ人が、こう言った。

「そもそも、掛けちゅうもんは、取りやすいとこから先に集めにゃならんで。払わんと分かっとる家には、最後にねじ込んだらええわ。言葉尻を取られて困らんように注意しなはれ。先方から腹の立つように仕掛けてくるときありますやろ。カッカせんと物静かに理屈で押して、ほかのこと一切話さんことや。居間の上がり口にゆったり腰をかけて、銀袋持たせた丁稚に提灯の火、消させる。

『わい、何の因果かケチな掛け取りに生まれてきました。月代《さかやき》剃って正月迎えたことなどあらへん。女房は、銀を出す親方に人質にとられて、そこの手代のご機嫌をとらされている始末ですわ。ほかの生き方もあるとは思うのやけど、ほんまに氏神様を恨みますわ。氏神様に咎《とが》のないこと、よう分かっとりますけど。内輪のことはよう知りまへんが、ここのお内儀さんはようできたお人や。まるで仏はんどすな。天井に挿した餅花[27]見ていると、もう春が来たような気分になりますわ。台所の肴掛けには、ここで獲れた鴨やら煎海鼠《いりこ》やら串貝[28]やら置いてはる。ほんまに羨ましいことどすわ。こんな仕事していると、どこの家に行っても、先ず肴掛けに目いきますのや。それに正月の晴れ着、もう仕立てはったでしょう。今時、世間では、ご婦人方の紋所は、葉付き牡丹と丸に四つ銀杏《いちょう》とが、流行っておりまんな。季節ごとに、衣装こさえて着せてみたいと思うのは人情。女房も衣装次第どすわ。下働きのお松のお仕着せは、柳煤《やなぎすす》竹《たけ》[29]の地色に乱れ桐[30]の中型模様でっしゃろ。同じ奉公人でも、こんな家に居合わすのが

27　柳などの枝に、餅を小さく丸めて、花のようにつけたもの。
28　煎海鼠は干したなまこ。串貝は竹串にさした干しあわび。
29　赤黒い煤竹色に青みのかかった染め色。

幸せどすな。町外れの家では、奉公人は、今でも古くさい天人唐草模様のお仕着せしかもらえんで、可哀想なことや』

などと、女房の気を引くように仕掛けて、よもやま話をしていると、先方では他の借金取りがいない間を見合わせて、こう言うはずや。

『この暮れには、どちらはんにも支払わないのやけれど、あんたさんの話、いちいちもっともやと思います。来春、女房が伊勢参りする旅費にと貯めておいたのやけれど、これだけ支払うによって堪忍してや。残りは三月の節季にきっちり支払《しはろ》うて、掛け帳[31]からわいの名、消してもらうさかい、あんたさんの笑顔見られるというもんや』

という具合に、百匁のうち六十匁は渡すもんやで」

昔は、売り掛けが百匁あれば八十匁は支払われたものだ。二十年ほど前には半分は確かに支払われた。それが、この十年このかた四割払いとなって、近年は百匁に三十匁だけ支払うのに、必ず悪銀《わるがね》[32]二粒混ぜて渡すようになった。人の心がだんだんとさもしくなり、掛けで品物を買っておきながら、その代金を払おうともしない。売る方は迷惑するが、掛け売りをしなければ商売をやめるほかない。節季に困ることには目をつぶって、とりあえず掛け帳につけておくのである。

物事は時勢につれ、変わっていくところが面白い。昔は先方が借金を支払えない理由を聞き入れて、大晦日の夜半には掛け取りをやめたものである。二十年くらい前から夜明けまで家々を回るようになって、掛け取りと言えば、けんか腰にならない家は一軒もなかった。ところが、この一、二年は、掛け取りは相変わらず夜更けまで歩き回るが、互いに声を荒立てず、こっそりと事を済ませてしまう。どうしてそうなったのかと、気をつけてみると、銀《かね》がないというと、嘘いつわりなく銀がないのである。掛けを取られる側は、内輪の家計が両隣に聞こえてしまうのもお構いなしに開き直る。

「借金は御大名様でもなさるのが、この浮世や。千貫目借りても首斬られた例《ためし》は聞かへんで。銭あって払わんわけではない。ないもんはないのや。ああ、この大釜にいっぱい一歩金欲しいわ。あれば、借金など根こそぎ返済したるに。金銀ほど、一方に片寄るもんはない。わいは、どういうわけか金銀に憎まれてもうた」

30　桐の花と葉を崩して図案化した模様。
31　掛け売りの品物、代金などを記した帳面。
32　品質の悪い銀貨。

と言って「一度は栄え、一度は衰うる」と謡曲「杜若《かきつばた》」の一節を謡いながら、木枕を鼓がわりに打って横着を決め込む男には、さすがに掛け取りも、取り付く島もない。

義理や世間体を考えないこんな相手には、いくら請求しても無駄だと割り切って、古い掛け銀はあきらめて、最近の分だけでも清算をする。それで互いに納得し、腹も立てずに事を済ますことになる。まったく人が賢い世となったものだ。

よくよく世間のことを考えると、ずいぶん有能な手代より、愚かに見えても我が子のほうが家の役に立つようだ。その理由は、自分の子だと、やることに自《おの》ずから誠意がこもり、銀が集まればみな自分のものになると思うから、掛け銀を取り立てるときに、いい加減な督促をしないで、行動に表裏がない。

ところが使用人である手代は、主人を大切に思い、身の程をわきまえて道理を知っている者は別だが、たいていは主人のためには働かない。一日で大金を費やす遊里で遊んだり、額面通りに支払われた銀があれば、一部は払われなかったことにして使い込んだりする。あるいは実際の小判相場より高い率で銀を小判に替えて差額を懐に入れたり、銀で受け取った掛け銀を銭に両替えし、その差額をかすめて帰ったりする。

主人のよく知らない売り掛け銀は、回収不能として帳面につけ、さまざまに私腹を肥やすのである。いかに注意深い主人でも、そんな細かいところには目が届かないものだ。

また小商人《こあきんど》の丁稚は、忙しい大晦日なのに、掛け取りをいい加減にして、布袋屋《ほてい》のめくりカルタ[33]を一組買って、歩きながらカルタの八、九、十の札の裏に目印をつけたりする。こんな丁稚は、主人の役には立たない。掛け取りにも、いろいろな者がいるわけで、きちんとした心構えの者は少ないものだ。人はみな盗人と思い、火を見たら火事と思って、竈の薪を節約するのが胸算用の大事なところである。

ここに請負普請の人足頭に富楼那《ふるな》[34]の忠六という男がいた。いつも軽口を言い、町の芸達者と言われて、月待や日待[35]の席で物真似をして人気があった。この男、今年の大晦日の支払いに困って、さる御方に銀五百目を無心すると「やすいことや」と請け

33　京都五条高倉にあったカルタ屋布袋屋理兵衛。めくりカルタ一組は、一から十二までの各四枚、計四十八枚。
34　弁舌に巧みだった釈迦の弟子。口達者の意のあだ名。
35　月の出と日の出を待つ行事で、終夜遊宴した。

合ってくれたので、夜になってから伺い、厄払い[36]の真似を始めた。

「ああ楽しや。今宵琴の音を聞けば、不老長寿の仙家の心地。当地広しといえども、このお屋敷以外には他になし。金銀満々として四方に宝蔵。隠蓑に隠笠のお宝に、銀天秤[37]の針口を叩く小槌は大黒様の打出の小槌。福々しい旦那様」

と言祝《ことほ》いで、台所の上がり口にかしこまった。

「忠六、なんやら用がありそうやな。このことか」

旦那が銀五百目の包みを投げてくれた。

「これは、おおきに」

と祝って三度おしいただき、「おかげさまで、年とりができます。もう鶏《とり》が鳴く時分によって、おいとま申しあげます」と門口まで出たが、ちょこちょこと戻ってきた。

「奥様へも、わいがありがたがっていたと伝えてくだされ。腰元衆」

「では忠六殿、めでたいときやさかい、なにか一つ」

と、仲居のきちが頼んだ。

「それでは、一舞《ひと》、舞いましょう」

と、忠六がめでたい尽しを、長々と披露していると、北国から重手代《おもてだい》[38]が帰ってきた。

「これからすぐに銀二百貫目、御蔵屋敷[39]に渡すぞ。担保の米はすぐにこちらに上ってくる。それを売れば大儲けや。銀や銀や。大晦日は、奥で琴や小唄で遊ぶひまないで。銀の工面せえや」

そう言いながら、重手代は、忠六が上がり口に置いた銀五百目の包みを見つけて取り上げる。

「これはぎょうさんな銀子、なんで捨て置くのや。二百貫目の銀いるのやで。それだけ手元にあるか、ないんか。ないなら手分けして工面せえや。銀や銀や」

そう言って、苛立つので、忠六は気まずくなり「長居は恐れあり[40]」と謡いの真似をして、手ぶらで帰っていった。

---

36 大晦日や節分の夜、厄難を祓う文句を唱えて米銭を貰った芸人。
37 銀貨の重さを量る天秤。目盛をさす針を安定させるために針口を小槌で叩く。
38 商売を統括する古参の手代。
39 大名などが領国の物産を売りさばくために、江戸・大坂などに置いた屋敷。
40 謡曲「盛久《もりひさ》」の一節。「長居は恐れありと、罷り申し仕り、退出しける盛久が、心の内ぞゆゆしき」。

## 小判が寝姿ほどあらわれる夢（小判は寝姿《ねすがた》の夢《ゆめ》）

「夢にも暮らしのやりくりを忘れるな」

これはある大金持ちの言葉である。思う事を必ず夢に見るというが、夢には嬉しいこともあれば、悲しいこともある。さまざまな夢のなかでも、金を拾う夢ほどさもしいものはない。今の世に金など落とす人はいない。めいめいが金は命と思って、大切にしている。万日回向《えこう》[41]の終わった境内でも、天満祭[42]の翌日でも、必死に探したところで銭が一文落ちているわけではない。とにかく自分で働かないことには金を儲けることはできないのだ。

さる貧乏人が、地道に働かないで、一足とびに金持ちになることを願った。この前江戸にいた時、駿河町《するがちょう》[43]の両替屋の店先で、むき出しの銀貨が山のごとく積まれていたのを見たことが、今でも忘れられない。

「ああ、今年の暮れに、あのとき見た銀のかたまり、ほんまに欲しいわ。敷革《しきがわ》の上には新小判が、わいの寝姿ほどあった」

と、一心にそのことばかり考えて、粗末な布団の上に寝転んでいた。

時は、ちょうど十二月晦日の曙のこと。女房一人が目覚めて、今日一日、どう考えても越すことが出来ないと、銭のやりくりを心配していた。窓から差し込んだ朝日の方をふと見ると、どうしたわけか、小判が一かたまり置いてある。「これはどうしたこと。ありがたや、ありがたや。天の与えや」と嬉しくなり、「お前さん、お前さん」と、寝ている亭主を呼び起こす。「何や」と答える亭主の声がしたとたんに、小判が消えてしまった。

さても惜しいことをしたと女房は悔やんで、亭主にこの事を話す。

「江戸で見た金子《きんす》が欲しい、欲しいと思いつめたわいの一念が、小判となってあらわれたのやろ。今、一文も銭がないのや。後世は、成仏できんで地獄に堕ちてもかまへん。佐夜の中山にあるちゅう無間《むけん》の鐘[44]を撞いてでも、先ずこの世をたすかりたい。

41　一日で万日の参詣に値するとされた日に参詣すること。
42　大坂天満宮の祭日。
43　江戸日本橋駿河町（現、室町一丁目、二丁目）。両替商が多かった。

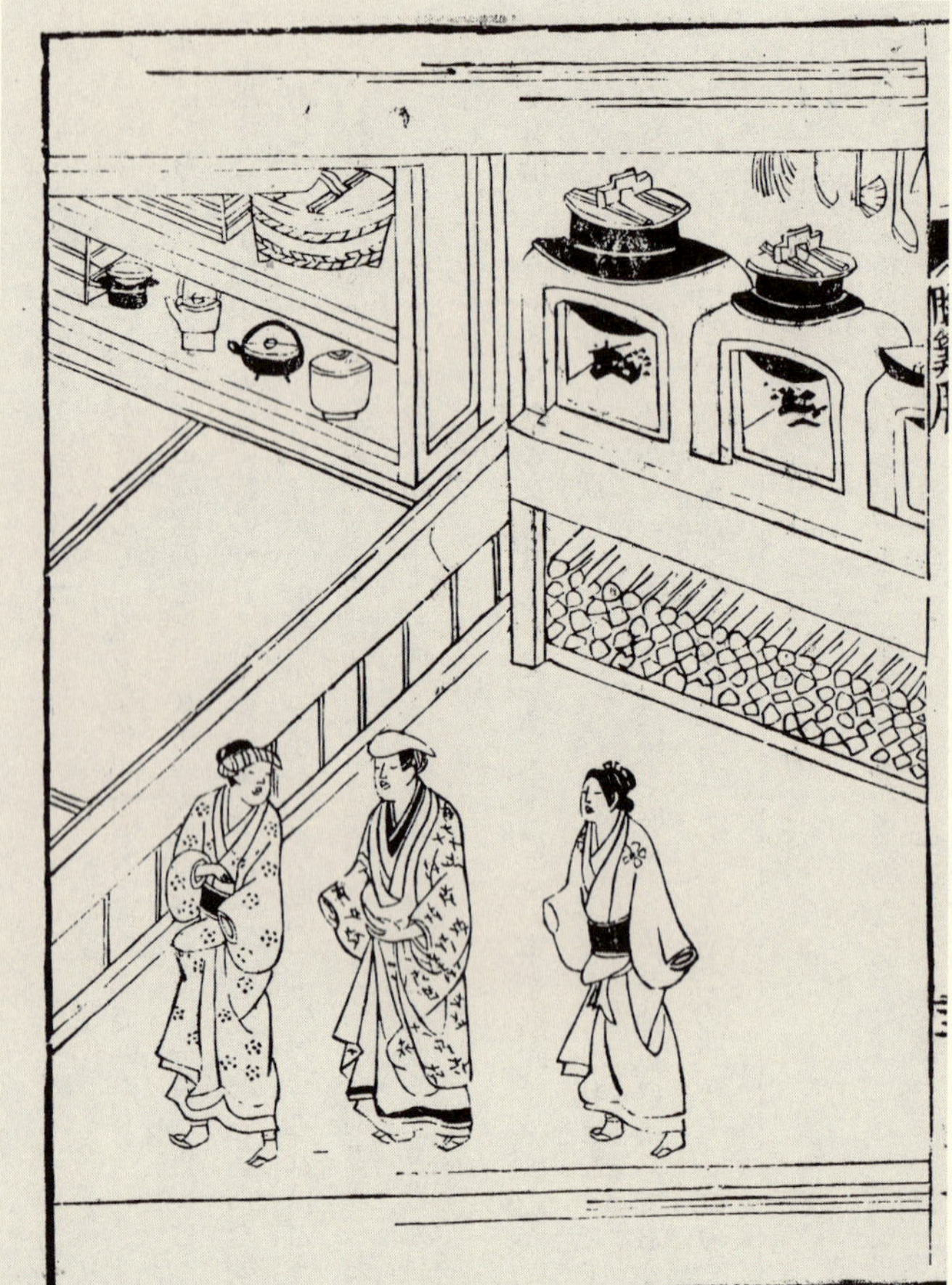

たった今、裕福な者は極楽におって、貧乏人は地獄に堕ちているようなもんや。釜の下へくべる薪さえ買えへん。なんともつらい年の暮れや」

とよこしまな心がきざすと、魂が入れ替わる。亭主が少しまどろむや、黒白の鬼[45]が火の車をとどろかし、この男の魂を引っさらって、まだ死んでもいないのに、あの世とこの世の境を見せた。

女房はこの様子を見て嘆き、自分の夫に意見した。

「世に百歳まで生きる人、いやしまへん。そやから、そんな無意味な願い事をするなんて愚かどす。お互いの心が変わらへんなら、これから先めでたく年を取ることもできます。今の暮らし向き、悔しいことやろうけど、このままでは家族三人、命を失うことになります。わてが今、働きに出るのは、一人いる子どもの将来のためにも良いことどす。たまたま奉公の口があったのは運がよい。わての代わりにあんたさんが、この子を手塩にかけて育ててくれはれば、夫婦の末の楽しみにもなります。幼子を捨てるのは酷い事どすえ。どうかよろしうお頼みいたします」

と涙をこぼす。

男の身にしては悲しく、ただ言葉もなく目をふさぎ、女房の顔さえ見られない。そこへ、墨染[46]あたりに住んでいる人置き[47]の嚊《かか》が、六十過ぎの祖母《ばば》様を連れて来た。「昨日も言った通り、あんたさんの乳房、乳がよう出そうなので、給金の前渡し銀八十五匁、それに年四回の御仕着せまでもらえるのやから、ほんにかたじけないことと思わっしゃれ。雲を衝《つ》くような大女の飯炊きが、布まで織らされて、半季の給金三十二匁が相場どすえ。こんな高給貰えるのはほんに乳のおかげや。お前さんがいやならば、京町の上[48]にも、乳母奉公したいという女、見立てておりますのや。今日決めなければならない奉公口なのやから、またあとで返事をするなんてことはでけへんよ」

こんなことを言われても、女房は愛想よく「何をいたしましても、この身が助かるためどす。大切なお坊ちゃまをお預かりして、わてで勤まりますやろか。できますの

44　駿河国佐夜の中山、観音寺の鐘を撞くと、現世では富豪となるが、来世では無間地獄におちるという伝説があった。
45　地獄の獄卒、牛頭《ごず》と馬頭《めず》。火の車で霊を迎えに来る。
46　現、京都市伏見区墨染町。
47　奉公人などの斡旋業。
48　現、京都市伏見区京町。一丁目から十丁目まであり、北を上という。

なら、ぜひとも御奉公したいと望んでおります」と言う。

人置きの嗅は、男には口もきかない。

「では、早く奉公先へまいろうかい」

と隣家から硯《すずり》を借りて来て、一年契約の証文を書き、前渡しの給金を残らず渡した。嗅は手早く、「後で貰《もろ》うても今でも同じことや。これ、世間の相場やで」と、八十五匁、数三十七と書き付けのある銀包みのなかから、八匁五分をきっちりと抜き取る。

「さあ、お乳母どの、身拵《みごしら》えなどしなくともかまへん」

と、女房を連れて行く。男は涙を流し、女も涙で顔を赤くして「おまん、さよなら。お母ちゃんは旦那様の所へ行ってしまうけど、正月十六日の藪入りには帰ってくるによって、じきに会えるよ」と言い捨て、何やら両隣へ頼んでから、また涙にくれた。

こんな親子の様子を見ても、人置きは気強く、「親はなくとも子は育つ。打ち殺そうにも、死なないもんは死なないもんどす。では御亭主様、さいなら、さいなら」と言って出て行く。雇い主の祖母様は、この世をはかなんで、「おれの孫が哀れなのも、この子が哀れなのも同じこと。人の子を乳離れさせるのは、むごいことじゃ」と、振り返った。

人置きは「それは金が敵《かたき》の世の中のせい。あの娘が死んだとしても、それだけのことどす」と、その母親が聞いているにもかまわず言い放ち、女房を連れ去ってしまった。

程なく大晦日の暮れ方になると、この男に世をはかなむ心がきざす。

「わいは、ぎょうさん遺産受け取りながら、胸算用悪かったさかい破産したあげく、江戸に居られなくなってしもうた。こうして伏見の里に住むことができたのも、まったく女房の情けのおかげやないか。大福茶《おおぶくちゃ》49だけで祝うたとしても、めでたい正月を夫婦二人で過ごすのが楽しみやったのに。女房の気持ちを思うとほんまにかわいそうなことをしてもうた」

女房が買っておいた正月用のかん箸二膳が棚の端に見えた。男はそれを取って「一膳は、いらないもんや」と、へし折って鍋の下で燃やしてしまった。

夜が更けてもこの子が泣き止まないので、長屋のかみさん連中が集まって、男に、地黄煎《じおうせん》50で甘みをつけて米粉を溶いた湯冷ましを、竹の管で飲ますことを教え、「まだ

49　元旦に、若水で煎じ、梅干などを入れて飲む茶。

一日しかたたへんのに、この子、頤《おとがい》がごっつうやせたようや」と言う。この男は「しゃあない」と向腹《むかっぱら》を立て、手にした火箸を庭へ投げつけた。

「あんたさんはかわいそうやけど、女房どのは幸せもんや。奉公先の旦那はん、そりゃ、べっぴんはんが好きやそうな。このまえ亡くならはった奥様とあんたの女房、似たところがおまっせ。ほんに、後ろ姿のいろっぽいところがそっくりや」

この男は、そう聞くやいなや「さっき受け取った金は手付かずのままや。それを聞いたからには、たとえ死んでも、そいはそのときのこと」と駆け出して行き、女房を取り返して、涙ながらに一家で年を越した。

## 神様さえ見当違い（神さへお目違ひ）

諸国の神々が、毎年十月に出雲大社に集まって、民安全の相談をなさる。国々へ遣わす年徳の神[51]を決め、正月の事などを取り急ぎお決めになる。なかでも京・江戸・大坂へやる年徳の神は、徳の備わった神を選び出し、奈良・堺へは老功の神々を振り分け、また長崎・大津・伏見にもそれ相応の神々を派遣した。それから一国一城の城下町とか、あるいは港町、山間《やまあい》の町、繁盛している村々まで吟味して神々が遣わされる。もちろん、都から遠く離れた島の粗末な片庇《かたびさし》の一軒家まで、餅を搗《つ》いて門松を立てている家に、年徳の神が訪れないということはない。しかし、神々もみな上方を望み、田舎の正月は嫌うようである。どちらかを選ぶとなれば、万事につけて都は田舎とは大違いだから、やむを得ない。月日のたつのは流れる水のように速く、まもなく年の波が打ち寄せて十二月の末になった。

さて泉州堺の人々は、日々の生活を大切にして胸算用に油断がない。商売は万事控えめにして、表向きは格子造りのしもた屋[52]風に構えるが、家のなかは奥深くしてある。年中収入簿の銀高をきちんと計算して、それに応じた暮らしをしている。たとえば娘がいると、疱瘡[53]がすんでから、その器量を見極めて、十人並みで当世風の女に育つと

---

50　地黄を煎じた汁を加えて練った飴で甘みをつける。
51　その年の恵方を司る神。恵方に神棚を吊って祀る。
52　商売をやめ、家賃や利子で裕福に暮らす家。表が店作りでなく格子がまえとなっている。
53　天然痘。この病が治癒した痕を見て美人かどうかを判断する。

思ったら、三歳、五歳の頃から、毎年嫁入り衣装を仕立てるのである。器量のよくない娘なら、ただでは男がもらってくれないと考え、持参銀にするつもりで、ほかに金貸し業をしておく。縁づく時に負担にならないようにするのは賢いやりかたである。

こんな生活ぶりなので、棟に棟が立ち並んで次第に裕福となる。板葺きの屋根も壊れないうちに榑板《くれいた》54を差し替えたり、柱も朽ちぬうちに石で根継ぎをしたり、軒の銅《あかがね》樋《とい》も数年心がけておいて、銅の安い時をねらって修繕したりする。手織りの紬を普段着にしているが、立居振舞がゆったりしているので、裾がすり切れたりしない。身なりが優雅に見えて、しかも経済的である。年忘れの茶の湯の会も、諸道具は代々持ち伝えているので、世間には風流に思われても、それほど出費があるわけではない。このように、堺は世渡りが堅実な所である。

良い暮らし向きの人さえこんな具合なので、ましてそれほど裕福でない家では、算《そろ》盤《ばん》を枕に寝ている間も、損得の明暗のわかれる大晦日を忘れることはない。台碓55で搗く安価な赤米56を秋の紅葉だと思って眺め、目の前の海で獲れる桜鯛57は、見たがる京の者に見せればいいと、毎夜魚荷にして京へ送る。客のいないときには、魚屋で江鮒《えぶな》58が土臭いと難くせをつけて買わないような土地柄である。山に囲まれた京では真《ま》魚《な》鰹《がつお》を食うのに、海の近い堺では磯の小魚を食べて満足している。

すべての事は、「灯台もと暗し」という諺どおりである。大晦日の夜の様子は、たいがいの店の景気が良さそうに見える。年徳の神が役目上、構えの立派な店へ、案内なしに正月をしに入ってみると、恵方棚は吊ってあるが灯明も灯していない。なにやら物寂しく気味の悪い家だったが、ここと思って入った家だし、家を替えて、他の神と鉢合わせするのもおもしろくない。どうやって正月を祝うのかと、しばらく様子を見ることにした。

門口の戸の鳴るたびに女房はびくびくしている。

「まだ主人は帰っておりません。たびたび足を運んでもろうて、お気の毒です」

と、誰にも同じ事を言って帰していた。間もなく夜中も過ぎて明け方になると、掛

54　槇や檜の薄板。屋根を葺くのに用いる。
55　踏み臼。臼を土中に埋め、足で杵の横木を踏んでつく。
56　大唐米。赤味を帯びた下級米で、炊くと量が増えた。
57　桜の時期に獲れる鯛。堺の浦の桜鯛は珍重され、夜間に京都に急送された。
58　小さい鯔《ぼら》。

け取りどもが、この家に集まってきた。

「亭主はまだ帰らへんのか。まだか、まだかいな」

と、恐ろしい声をあげている。そこへ、丁稚が息せき切って駆けつけた。

「旦那様は、助松[59]の松並木の中ほどで、大男四、五人に松林のなかへ引きずりこまれはって、わいは『命、惜しかったなら』という声を聞いて、怖うなって逃げ帰りました」

内儀は驚いて「われ、主が殺されるちゅうに、逃げたんか。男と生まれて恥ずかしゅうはあらへんのか」と泣き出した。それを見て、借金取りは一人一人退散し、夜はしらじらと明けてきた。この女房は、借金取りが帰った後、それほど嘆くふうでもない。その時、丁稚は懐から袋を投げ出す。

「田舎も不景気やによって、やっと銀三十五匁と銭六百文、取ってまいりました」

と言う。まことにこんな策を弄する家に仕えていると、丁稚まで詐欺師のようになる。亭主は、というと物置の隅に隠れて、『因果物語』を繰り返し読んでいた。

美濃国不破の宿[60]で、貧しい浪人が年を越すことができず、妻子を刺し殺した話を、ことに哀れに悲しく思う。身につまされて「こんなつらい目にあえば、誰でも死んでしもうわ」と、こっそり涙を流していた。

「借金取りどもは、みな納得して帰らはった」

という声に、少し心を取り直して、震えながら物置から這い出してくる。

「今日一日で、随分老けてもうた」

と、今さら悔やんでも仕方ないことを嘆いた。余所《よそ》では雑煮を食べて祝う時分に米と薪を整えて、元日も普段通りの飯を炊く。やっと二日の朝になって、雑煮を仏や神に供えた。

「この家のしきたりで、もう十年ばかり、元日を二日に祝っております。供え物を置く折敷《おしき》[61]が古くとも、堪忍してくだされ」

と言って、夕飯の供え物は抜いて済ませてしまった。

神の目をもってしても、こんな貧家とは分からなかった。年徳の神は、三が日たつのを待ちかね、四日にこの家を去って、今宮恵比寿[62]を訪ねた。

59　現、大阪府泉大津市助松。紀州街道の宿駅。
60　現、岐阜県不破郡関ケ原町。中山道の宿駅。
61　木地で作った神饌を供える角盆。

「まったく、見かけによらぬ貧乏な家で正月をしました」

と、つらかった話をする。

「あなたは、長年方々の家で年越しをしてきたはずなのに、それとは似合わない話ですな。人の家の選び方は、引き合わせの戸が汚れていたり、内儀が使用人のご機嫌をとったり、畳の縁がすり切れたりしている家は避けたほうがよろしい。そういう貧乏人は、広い堺でも四、五人ぐらいのものですが、そこの神棚に、あなたが行かれたのはまことに不運でした。私のほうでは、世間の商人たちが酒と掛鯛[63]をたっぷり奉納してくれました。あなたも、ここで口直しして、出雲の国にお帰りなさい」

と、恵比寿は、貧乏籤を引いた年徳の神を引き留めて馳走した。

正月十日の恵比寿祭に朝早くから参詣した人は、内陣で神々がそんな世間話をしているのを聞いて帰った。

神でさえ、こんな貧富の差があるのだから、まして人間の身の上が定めがたいのは当然である。だから商人は、定まった家職を精一杯、油断なく励み、一年に一度の年徳の神に、不自由な暮らしを見せないように稼がねばならない。

62 現、大阪市浪速区恵美須町の今宮戎《えびす》神社。

63 正月に、わら縄で結びあわせて、竈の上などに掛けた二匹の塩鯛。

# 胸算用《むねさんよう》　巻四

## 大晦日は一日千金

目録

## 闇夜の悪口（闇の夜のわる口）

その土地の習慣で、関東ではきまって大晦日に祭りがある。関西では、大晦日に摂《せっ》津国西宮《つのくににしのみや》神社の居籠もりがあり、[1]豊前国早鞆《ぶぜんのくにはやとも》神社では和布刈《めかり》神事[2]がある。また丹波の奥には大晦日に婚礼を行う村がある。昔は、年の暮れに魂《たま》祭りを行った。大晦日の忙しいときに仏前に香花《こうばな》を供え、正月の年徳神に供える折敷《おしき》と、霊迎えの苧殻《おがら》の箸とを取り混ぜるというせわしさである。だから、当時の賢い人が、極楽へことわりもしないで、魂祭りを七月十四日に変えてしまったのだ。今時の知恵者なら、春秋の彼岸に盂蘭盆《うらぼん》の魂祭りをするということにしたにちがいない。そうしておけば後々までどのくらい得になるかしれない。

大坂生玉《いくたま》神社[3]の祭りは九月九日に定められているが、この日はさいわい重陽《ちょうよう》の節句である。家々では膾《なます》や焼き魚を作るが、自分の家でも他人の家でも作るので、生玉の祭りだからといって客が来るわけでもない。その費用が省け、年々にその得が積もって計りしれない。氏子の費《つい》えを考え、神様も胸算用してそうされたのだろう。

また都の祇園八坂神社[4]では、大晦日の夜、削掛《けずりか》けの神事[5]が行われて大勢の人が参詣する。互いの顔が見えないように神前の灯火を暗くして、左右に分かれた参詣の老若男女が、我勝ちに悪口を言い合うのだが、聞いていると腹を抱えてしまう。

「おんどれはな、正月三が日の間に、餅、喉に詰まらせて鳥部野《とりべの》[6]へ葬礼するわいやい」

「なにぬかす。おんどれなんぞは人売りの請け人やろ。人売りと同罪で、粟田口[7]の処

---

1　現、兵庫県西宮市社家町の戎神社の行事。大晦日の夜、女は神社に参詣し、男は家で灯を消して閉じこもった。
2　現、北九州市門司区門司の和布刈神社の神事。除夜の過ぎた丑の刻に神主が海中で和布を刈り、神前に供える。
3　現、大阪市天王寺区生玉町の生國魂神社。九月九日は秋大祭。
4　現、京都市東山区祇園町の八坂神社。
5　大晦日の夜、子の刻から火を消し、参詣人が悪口を言い合う。おけら祭りともいう。
6　清水寺より西大谷にかけての岡で、葬場。

刑場へ、裸馬に乗って引き回しだわいやい」

「おんどれの女房はな、元日におかしゅうなって、子を井戸にはめおるぞ」

「おんどれなんぞ、地獄から火の車が迎えに来て、鬼の漬け物にされるわい」

「おんどれの父《とと》は町の番太[8]をしたやつじゃ」

「なに言うとるんや。お前の母《かか》、寺の大黒[9]あがりやないか」

「お前の弟、詐欺師《かたり》のお先棒やで」

「お前はんの伯母、子堕ろし屋やないか」

「おんどれが姉なんぞ、腰巻きせんと味噌買いに行って道で転びおるわいの」

皆、口達者で、何やかやと一緒くたに悪口を言い合っている。そのなかでも二十七、八の若い男は、人並み以上に口達者で、誰が出ても言い負かされるので相手になる者がいなくなった。その時、左の松の陰から声がした。

「そこの男。正月の晴れ着こさえた者と同じ口きいたらあかんで。見れば、この寒い夜に綿入れも着んと、なにぬかす」

と、あてずっぽうに言った。図星だったのか、この男の肝にこたえて返す言葉もなく、こそこそと大勢の中に隠れてしまった。どっと笑い声が起こる。

これを思うと、人の身の上で真実ほど恥ずかしいものはない。ともかく大晦日は闇夜だということを、足下《あしもと》の明るいうちから覚悟して油断なく稼げば、稼ぐに追いつく貧乏はないはずだ。

「それにしても、花の都と言うけれど、金銀はどこへ行ってしもうたのやら」

「毎年、節分の鬼が取ってかえるのとちゃいますか。最近、銀と仲違いして、とんと箱に入った顔、よう見えへんわ」

と、参詣人が不景気な話をしながら三条通りを引き上げて行った。そこへ、山形に三つ星の定紋をつけた提灯を六つとぼして、銀箱[10]を積んだ三輌の車が通りかかった。手代らしい男が二人、後について話している。

「世間ではないないと言うけど、金銀は有るところには有るもんや。この銀子、隠居の祖母《ばば》様の寺参り銀[11]にせいと、大旦那が家督を譲らはるとき分けておいた物やそうや。

7　現、東山区粟田口。三条通り白川橋の東に刑場があった。

8　町内の自身番に雇われ夜警の雑役をした。当時賤業視された。

9　僧の隠し妻。

10　銀十貫目を入れた箱。江戸の千両箱にあたる。

明暦《めいれき》元年[12]四月に蔵に入れはって、今晩取り出したんよ。銀箱、久しぶりに世間見て、さぞ憂さ晴らしをすることやろう。この銀、別嬪《べっぴん》に生まれはった娘を、生まれてすぐに尼にしたようなもんやと、わいは思うわ。一生人手に渡って良いこともせず、しまいには寺の物になるのやから」

と、大笑いする。

「今日、この銀を蔵から出すついでに、向かいの主屋の内蔵を覗いてみたら、寛永《かんえい》年中[13]の日付を書き付けた箱だけでも、山のようにあったで。大旦那一代で、よくも貯めたもんや。世間の金持ちちゅうのは、第一にケチやと評判とって、それから、並の商人とは違うなにか一工夫せにゃ、出世せぬもんや。ところが、わいらの旦那は、万事大名風におっとり構えて、一生贅沢三昧に暮らしてはる。その上、これほど財産作らはった。生まれついての福人《ふくじん》と思うわ。今までは跡取りのお屋敷で隠居されとったけど、次男が家を持ったによって、気分を変えて、そちらで隠居したいと望んではる。若旦那がなにごともご自由にと言わはるので、十二月初めごろから諸道具を運んで、この銀で、ようやくしまいや。主屋から分かれて、隠居つきの腰元が十一人、それに猫も七匹、乗物に乗らはって、人並みに引越された。

この二十一日には、例年通り衣配《きぬくば》り[14]やと、一門から奉公人まで含めて、男着物が四十八枚、女着物が五十一枚、子ども用の小裁《こだち》と中裁《ちゅうだち》[15]の着物が二十七枚、合わせて百二十六枚、笹屋[16]で新調して、めいめいにくださった。これだけ着物代あれば、ほんまに商売の元手になるわ。

昨日も『初芝居がでけへん』言うて、ある太夫[17]が若旦那のご機嫌のいいとこ見計らって泣きついたら、小判五百両、ほいと貸されはった。こんな金持ちもおるんや。京は広い。それを知らんによって、ケチな借金取りどもが、たかが百文ぐらいの銭、チマチマ数えるのや。

わいらが奉公してから、大旦那や御兄弟が金銀手にしはったとこ、見たことあらへ

11 家督を譲る際に、祠堂銀・寺参り銀と称して私用の銀を別にして、財産を譲った。
12 一六五五年。本書刊行の元禄五年より三十七年前。
13 一六二四年から一六四四年。三代将軍家光の時代で、五十〜七十年前。
14 歳末に、親戚や使用人に正月の晴れ着を贈る慣習。
15 大人用の本裁に対し、四、五歳までを小裁、十五、六歳までを中裁という。
16 京都室町の呉服所。当時、この屋号の呉服所は四軒あった。
17 歌舞伎一座の立女形《たておやま》。

ん。そもそも大旦那は自分の財産、どのくらいあるのかも知らへん。九人おる手代まかせや」

そんな話をしながら、二人の手代は大きな屋敷に入り「御隠居様のお銀《かね》がまいりました」と声を掛け、内蔵に納めた。

この家の年男[18]が、神々へ灯明をあげてから「お銀蔵《かねぐら》へも灯明[19]あげましょか」と言うと、旦那は、この男を指さして笑いだした。

「なんと初心《うぶ》な年男殿や。蔵に灯明あげるんやて。そりゃ、たかが千貫目持ちのすることや。うちは二十五、六も蔵、あるのやで。全部の蔵に灯明とぼすんか」

なんと銀のある家だと羨ましく見ていると、方々からたくさんの銀箱が運ばれてきた。それらを台所の土間に積み重ねて、両替屋の手代らしき者がへりくだって、この家の古参の手代のご機嫌をとっている。

「この銀子《ぎんす》を、どうかお蔵に納めさせてくだされ」

「困るわ。毎年の申し渡しで知ってはるように、大晦日の午後四時過ぎになると、どこから銀子が来ても、よう預かりませんのや。いつも、そう言うとりますやろ。夜になって、端銀《はしたがね》持ってこられても面倒なだけやで」

と、古参手代が受け取ろうとしないのを、いろいろ詫びたり、追従《ついしょう》を言う。両替屋の手代らしき男は、やっとのことで三口合わせて六百七十貫目を渡し、受け取り証文を押しいただいて帰って行った。「もう、蔵閉めてもうた」と、その銀子は大釜のうしろに積み重ねられた。この銀は台所の土間で年を越した次第。銀は有るところには有るもの。まるで石瓦のようである。ほんまの話やで。

## 奈良の土間竈（奈良の庭竈）[20]

昔から今まで、いつも同じ顔を見るというのはおかしいことだが、この二十四、五年も奈良に通っている魚屋がいた。行くたびに、売り物は一品に決めていて蛸以外は

18　正月の若水汲みなど年末から正月の諸儀式を勤める男で、健康な年配者を選んだ。
19　千貫目以上の金持ちは、銀蔵に常夜灯をとぼした。
20　元日から三日間、土間に新しい竈を築いて火を焚き、家中の者や奉公人が飲食した。奈良地方の正月行事。

売ったことがない。「蛸売りの八助」と呼ばれて知らない人はなく、得意先もできて、ゆったりと三人家族で暮らしていた。けれども大晦日に銭五百文持って、年を越したことがない。食い扶持を稼ぐのが精一杯で、元日も雑煮で祝うだけである。

この男は普段から渡世に油断しない。たった一人の母親に頼まれて奈良火鉢[21]を買ってくるのに手間賃をとって、ただではすまさない。まして、他人から頼まれた事だと、産婆を呼んでくるような急な用事でも、茶漬け飯でもふるまわれないことには行こうとしない。欲の世に住んでいるからといっても、念仏講仲間から奈良晒《ならざらし》を買ってくるように言われて手間賃をとるなど「死ねがな目くじろ」[22]の諺通り、強欲非道な男だった。これほど強欲でも、食べるのに精一杯なのだから、天罰てきめんである。

この八助は、奈良に通い始めてから今まで、蛸の足は八本と日本国中決まりきったことなのに、一本切って七本にして売っていた。誰も気付かないことをいいことに、七本足の蛸で商売し、切り取った足ばかりを、松原の煮売り屋[23]に売りさばいていた。

さても、恐ろしいのは人間の心である。

「物には七十五度《たび》」という諺通り物事には限度があって、必ず悪事がばれる時があるものだ。ある年の暮れに、蛸の足を二本ずつ切って六本にして売ったが、忙《せわ》しさにまぎれ誰も咎めない。それをいいことに方々売り歩いていたら、手貝《てがい》の町[24]の中程にさしかかると、表に竹の菱垣をした家から呼び込まれた。蛸二杯売って出ようとすると、碁を打つのをやめた坊主頭の隠居親仁が顔を出し、じろりと睨《にら》まれた。

「なんとのう、裾の寂しい蛸やな」

と、足の足りないのを見つけられた。

「これ、どこの海からあがった蛸や。六本足の蛸なんちゅうもんは、神代このかた、どの書物にも書いてないで。気の毒にも、奈良中の者、今まで一杯食うたようや。魚屋、われの顔、覚えたで」

「なに、言うとるねん。お前のように、大晦日に碁など打っておる閑人には、よう売らんわ」

と、八助は逆ギレして帰ったものの、それからは誰が噂するともなく悪事が世間に

---

21　桐火桶の形に似た、蓋付きの手焙り火鉢。
22　死んでくれたら、目玉をくりぬいてやるという意の諺。
23　現、大阪府松原市。堺から奈良へ通う街道筋の町。
24　現、奈良市手貝町。

知れ渡った。狭い町のことなので、隅から隅まで「足切り八助」と言いふらされて、一生の暮らしの種を失ってしまったのは、自分の心が悪いからである。

さて大晦日の夜の過ごし方も、奈良は京・大坂と違って格別静かである。いろいろな掛け買い代金も、持ち銀《がね》があるだけ支払い、「あと残りの分、この節季には払えんわ」と断れば、借金取りどもは聞き届けて二度と来ることはない。貸し借りの勘定は、奈良中が午後十時には打ち切って、はや正月気分になる。

どこの家でも庭竈《にわかまど》といって、土間に新しく作った囲炉裏に釜をかけて火をおこす。土間に敷物を敷き、その家中、旦那も使用人も一緒にくつろいで過ごして普段使う居間は空けておく。この地の習慣で竹の輪に入れた丸餅を庭竈で焼いて食うのだが、賤しくなく福々しく見える。

また、奈良の町外れの宿《しゅく》の者[25]と呼ばれる男たちが、大乗院門跡[26]の家来因幡《いなば》[27]という人の家で、例年どおり祝い始め、それから「富々、富々」と言って町中を駆け巡る。家々では餅に銭を添えてやる。これは大坂などの厄払い[28]と同じである。

漸く元日の夜も明けると、「俵迎え、俵迎え」といって売られるのは、木版刷りの大黒天である。二日の早朝には「恵比寿迎え」といってその絵の刷り物が売られる。

三日の明け方になると、今度は「毘沙門《びしゃもん》迎え」が売られる。このように、正月三が日は、毎朝福の神を売り歩くのである。

ところで、奈良の人々の元日の礼儀は、世間向きのことはさしおいて、まず春日大明神へ参詣する。その時には一家一門、末々の親戚まで連れだってお参りするので大層賑やかである。一門の人数が多いほど外聞がいい。どこの国でも、金持ちは羨ましいものだ。

ここで商われる奈良晒は、年中京都の呉服屋に掛け売りしておいて、代金は大晦日に取り集める。勘定が済み次第、京都を大晦日の夜中に出発し、我先に松明をとぼして奈良に戻ってくる。こうして奈良に持ち込まれる晒の代金は、銀何千貫目の大金になるかもしれない。奈良に着く頃には夜が明けるから、金銀は蔵に投げ込んでおき、正月五日の初市の日から互いの清算をするのが、毎年の慣例である。

25 奈良の北の町外れにある奈良坂村の者で、抹香、歯朶《しだ》、立松等の販売を行った。
26 興福寺の門跡。一条院門跡と交代で興福寺を支配した。知行九百十四石。
27 佐々因幡。福智院町に住んでいた。
28 大晦日や節分の夜、厄難を祓う詞を唱えて米銭を乞う者。

この銀荷《かねに》に目をつけた、大和の片田舎で世を忍んでいた素浪人ども四人が、年を越せない悲しさのあまり相談して、獄門[29]覚悟で追いはぎに出た。ところが、銀荷がみな三十貫目、五十貫目[30]というたいそうな重さで、手頃な端銀《はしたがね》がない。それか、あれかと吟味するけれど、結局「酒代をよこせ[31]」と言い出しかねていた。この街道はやめ、浪人どもは暗峠《くらがりとうげ》[32]に出て、大坂から帰る商人を待ち伏せた。そこへ、小男が菰《こも》包みを担いで通りかかった。

「見ろ。あの男、重い物を軽そうに見せかけておるぞ。隠し銀じゃ」

と、男を捕らえ、荷物を奪って逃げようとした。その男は必死に声をあげる。

「それ、明日の御用にはたたへん、たたへんよう」

四人が荷物を開けてみると、中から数の子がこぼれ落ちた。

「これは、これは……えらい見当違いや」

## 亭主の入れ替わり（亭主の入替り）

年の波が伏見の河岸に打ち寄せて、淀川の水音さえせわしく聞こえる十二月二十九日の夜のことである。ここから大坂八軒屋へ向かう下り船[33]には、普段よりせっかちになった旅人が乗り込み、「やれ出せ、早《はよ》う出してぇな」とわめいていた。船頭も正月が近いのを心得ている。

「わいにも皆はんにも、今日、明日と迫った年の暮れやさかい、抜かりはあらしまへん」

と、纜《ともづな》を解いて、やがて伏見京橋の船着き場から大坂へ下っていった。

普段の下り船だと、世間の色話・小唄・浄瑠璃・早物語[34]、謡に幸若舞に役者の真似など、芸を披露しない客は一人もいないのだが、今夜にかぎって静まりかえっている。

---

29　追いはぎは首をはねられて、その首がさらされた。
30　銀三十貫目の重さは百十二・五キロ。銀五十貫目は百八十七・五キロ。
31　強盗が、相手をおどす決まり文句。
32　現、奈良県生駒市から大阪府東大阪市へ越える生駒山の峠。奈良街道の難所。
33　伏見京橋から大坂八軒屋まで淀川を下る乗り合いの三十石船。船賃は銀五分。
34　縁語や掛詞を多用して早口にしゃべる即席の語り物。

時々思い出したように念仏を唱える者さえいる。

「長く生きられへん浮世なのに、正月、正月と待ってみたところで、死ぬのを待つばかりや。南無阿弥陀仏」

と、恨めしそうに言う者もいる。そのほかの客は、寝入りもしないで、みないらついた顔をしている。そのなかで、一人だけ手代らしき男が、茶屋女に習った投節《なげぶし》[35]を、息の根のつづくほど声を張り上げて、相の手は調子外れの口三味線で、頭を振り回して歌っているのは、小憎らしい。

まもなく淀の小橋[36]の急流にさしかかった。中央を広く空けた橋桁《はしげた》に吊した行灯[37]を目当てに、船の向きを変えて艫《とも》のほうから尻下がりに下った。その時、分別顔した男が目を覚ました。

「あれあれ、あれ見たらええわ。人みな、あの水車[38]のようにならにゃいかん。昼夜年中油断なく稼ぎはったら、大節季の胸算用違うこともあらへん。普段は手遊ばせといて、節季近《ちこ》うなったら、足下から鳥でも飛び立つみたいに、ばたばた働いてもしょうないわ」

と、自分だけが知恵のあるような顔をして言った。

船の乗客は「もっともや」と耳を澄まして聞き入っている。乗り合わせていた兵庫の旅籠《はたご》屋町の者が語りだした。

「今の言葉聞いて、自分の身の上のことに思い当たりました。海辺に住んでいたさかい、生魚を商《あきの》うて、利をつかみ取りするようなあんばいで楽々世渡りしておりました。それが、毎年の大晦日に少しずつ銭足らんようになってもうて、この十四、五年あきまへんわ。大津に母方の姉がおりますさかい、わずか銀七十匁か八十匁、多くても百匁の無心をしてきたんですわ。ところが、それが毎年のことで、伯母もイヤ気がさしたんでしょうな。『今年の暮れはあかんで』と、手ひどく言われてしもうた。置いたもの、取ってくるような気持ちでおりましたけど、心当て違《ちご》うて、兵庫に帰っても年の越しようがあらしまへん」

それを聞いていた一人の男が話し出した。

35　島原で流行した俗謡。色茶屋でもよくうたわれた。
36　現、伏見区淀の北、宇治川に渡した橋。
37　通航に便利なように中央に広く取った橋桁に鉄製の行灯が吊ってあった。
38　淀の小橋をくぐるとすぐに見える、淀城に水を引き入れるための大水車。

「わいは、口入れ屋を頼まんで、弟を連れて京にまいりました。四条の役者に知り合いがおるさかい、弟を歌舞伎若衆に出して前借りした給銀で、今年の節季を済まそうと思っておったんですわ。我が弟ですけど、見目形もよろしゅうおます。末は立《たて》女形《おやま》[39]にもなるやろうと思っておりました。それが思いもかけず『耳がちと小さいさかい、一人前の役者にはようできん』と引き取ってもらえませなんだ。仕方なく連れて帰ります。世に、人はぎょうさんおるもんどすなあ。十一、二、三歳の、将来良い若衆になりそうな器量よしを、口入れ屋が毎日、二十人も三十人も連れてきはる。口入れ屋がささやくのを聞くと、浪人の子もおれば医者の子もいる。親も、素性がそれほど賤しからぬお人ですわ。それが、今年の暮れの支払いに困ってもうて、我が子を奉公に出すそうな。年季を十年に決めて、銭一貫文[40]から銀三十匁までの給銀で、好きな子をよりどりみどり。色の白いこと、賢いこと、上方者にはようかなわん。そう思うて旅費を丸損して、こうして帰るとこです」

また、一人の男の話が始まった。

「わいには親の代から持ち伝えた日蓮上人自筆の曼荼羅《まんだら》[41]ありましてな、それを、前から欲しいという宇治の人おまして『金銀に糸目はつけん』と言わはっていたんですわ。

その時は売り惜しんでいたのやけど、今年の暮れに金に詰まってもうて、はるばる売りにきたんどす。ところが、そのお人、どういうわけか宗旨替えして今は浄土宗の信者にならはった。この南無妙法蓮華経の曼荼羅、手にも取ってもらえへん。見込み違いで、困り果てました。ほかに、売るあておまへん。家に帰ったところで、借金取りに責められ、その相手をするのもうっとうしいさかい、大坂に着いたらすぐに高野参りしたろうかと思っとります。何でもお見通しの弘法大師さんのことや、きっと笑《わろ》うておますやろうな」

さらに、一人の男の身の上話。

「わい、春延《はるのべ》の米[42]を、京の織物屋仲間に、毎年の暮れに貸し付ける世話をしておったんどす。その手数料で、ゆるゆると年越してきました。米一石につき銀四十五匁の相

39　一座筆頭の女形。
40　約銀十五匁。
41　日蓮宗の曼荼羅は、中央に南無妙法蓮華経と書き、周囲に諸仏等の名称を書く。
42　代金支払いを翌春三月払いの契約で借りた米。借りた米を現金化して、年末の支払いにあてる一種の金融。

場の米、三月晦日に五十八匁支払うちゅう約束で、毎年貸し付けるんどす。それが今年は織物職人どもが相談して、『一石に十三匁の利子、たった三ヶ月で取るのは、取り過ぎや。今年は、成り行きに任せて、そんな米借りたらあかん』というわけで、せっかく大坂から鳥羽[43]まで運んだ米を、そっくりそのまま、そこに預けて帰るとこどす」

乗客の身の上話は、どれを聞いても身につまされる。この船に乗った人々は、我が家はあるにはあるけれども、大晦日に家にいられる人は一人もいない。普段と違い、みな忙しい最中なので、他人の家を訪ねるわけにもいかない。昼間は寺社の絵馬など見て過ごすという手はあるが、夜になると行き場がない。そこで多額の借金を抱えた人は、五節季の支払いから身を隠すために、気の置けない妾を、ひそかに囲っておくそうだ。それも、なんとかやりくりの出来る人のことで、貧乏人には出来ないことである。

さて、大晦日の宵のうちから、小唄機嫌でいる人に「きっと支払い、ゆったりと済ませたのでしょうな。羨ましい」と尋ねたところ、この男は大笑いした。

「皆さんは、自分にも、それから人のためにもなって、大晦日に堂々と家に居られる工夫をご存じないようどすな。この二、三年、亭主の入れ替わりという手を考え出して、この手でうまくやっております。互いに懇意な亭主、入れ替わって留守をしますのや。借金取りが来そうな時見計らって、別の借金取りになりすまして『これ、お内儀、わいの貸した銀は、ほかの買い掛かりとは大違いやで。亭主ど突いて、腸《はらわた》えぐり出したるわい。必ず貸し銀返してもろうで。われ、分かっとるんかい』とすごませます。そうすれば、他の借金取りども、肝を潰して、自分のは、こりゃあかんと思って、皆帰らはるわ。これは大晦日の入れ替わり男と言うて、近年の新工夫どす。まだ、世間にはよう知られておらんので、この手で、借金取りどもを一杯くわせております」

43　現、京都市南区上鳥羽。伏見区下鳥羽。貨物輸送の中心地。

## 長崎名物の柱餅（長崎の餅柱）

中国やオランダの貿易船は、季節風の関係から十一月晦日までに残らず出航してしまうので、長崎も次第に寂しくなる。とはいえ、長崎の人々の家業を見ると、春から秋にかけて貿易船が入港したときの儲けを蓄えておいて、一年中の諸経費は、この時の利益から支出する。貧乏人も金持ちも、それ相応にゆったりと暮らし、万事細かに胸算用をしない土地柄である。たいていの買い物は、買った時に現金で支払っているので、節季前の収支決算も面倒ではない。もうすぐ正月がくるという年末にも、普段と変わらず酒を楽しんでいる。ここ長崎の港は、暮らしやすい所である。

十二月になっても、長崎では、せわしない人の足音も聞こえない。上方のように節《せ》季候《きぞろ》[44]が家々を回ってこないので、伊勢暦[45]を見て春が近づいたのを知るばかりである。昔からの習慣を守って十二月十三日には必ず煤払いをし、その竹を棟にくくりつけて、また来年再利用する。餅は、各家のしきたり通り決まった日に搗《つ》く。上方と違って面白いのは柱餅といって、最後の一臼の餅を大黒柱に巻き付けておく。正月十五日の左義長[46]の時、その餅を炙《あぶ》って祝うのである。

何かにつけてその土地の習慣は興味深いものだ。ここでは、幸木《さいわいぎ》[47]といって、台所の土間に木を横渡ししておく。この木に、鰤・煎海鼠《いりこ》・串貝・雁・鴨・雉《きじ》、あるいは塩鯛・赤鰯や昆布・鱈・鰹・牛蒡・大根など、正月三が日に使う食材を吊り下げ、台所を賑やかにする。

大晦日の夜になると、顔を赤く塗った乞食が、恵比寿・大黒の土人形や粗塩《あらじお》を台に載せて「当年の恵方の海から潮《うしお》が参った」と言いながら家々を祝って回る。これは長崎が舶載品の交易で繁盛しているからだ。この地の年玉は、どこでも手軽な物を贈ることに決まっていて、男は銀一匁で五十本は買える安扇、女は少量の煎じ茶を紙で包んで配る。みすぼらしく見えるが、長崎では皆そうするので、別に気にすることもな

44　歯朶の葉をさした笠に赤い覆面をした門付芸人で、十二月二十二日から二十七、八日ごろまで「せきぞろ、せきぞろ」と唱えながら踊り、米銭を乞うた。
45　伊勢神宮発行の折り本仕立ての暦で、御師が全国を回って信者に配った。
46　正月十五日に松飾りを焼く行事。
47　十二月二十八、九日ごろ、棒に縄を十二本結びさげ、正月用の食材を吊して、台所の壁に取り付けた。

い。とかく住めば都で、人々は満足している。

さて、長崎を訪れる諸国の商人は、手回しよく用を済ませ、自分の故郷で正月を迎えることを楽しみにしている。そのなかに、京の小資本の生糸商人がいた。この二十年長崎通いをしていたが、誰よりも賢くふるまっていた。朝飯を食ってから京を出発し、陸路海路にも、無駄銭を一文も使わなかった。長崎逗留中、丸山遊廓[48]を覗いたこともない。金山太夫[49]の居姿が利口そうだとか、花鳥太夫[50]の首筋が白いだとか、そんなことは夢にも見たことがなかった。枕元に算盤と手帳を置いてはなさず、なんとか愚かな唐人《とうじん》を騙してぼろ儲けしたいと明け暮れ心をくだいていた。しかし、今時の唐人は、日本語に堪能で、有り余る銀があっても、家屋敷を抵当にしないかぎり日本人に銀を貸さない。貸し銀の利子より家賃のほうが歩合のいい家を買い取るほうが得だと考えているぐらいだから、格別な儲け仕事は唐人相手でもいっこうに見つからない。ましてや日本人の知恵者は、世俗に通じ抜け目がないので、そう簡単に儲けさせてはくれない。利発なだけで金持ちになれるのなら、この男などとっくに金持ちになっているはずなのだが、時の運が回ってこず、仕合わせが手伝わないのだから仕方ない。

この男と同じころから長崎に下り、おなじ生糸商いをしている京の商人のなかには随分と裕福になった者もいる。今では手代を長崎に下し、自分は都で安楽に暮らして物見遊山や花見や女郎狂いも相応にしながら富を蓄えている商人が大勢いる。

「これ、どういうわけやろう」

と、男は事情通に尋ねた。

「それ、みな商人魂のせいや。つまり、世間の相場をよう見合わせて、来年は値必ず騰がるちゅう物を見極めて、その品物、思い切って買い込んでおく。予想があえばトントン拍子に金銀たまるもんやで。ええか、いちかばちかの大勝負や。そうせにゃ、一生うだつがあがらんな」

この男は、長崎で仕入れた物を京で売る、几帳面な商売ばかりをしていて、計算外の利益を得たことが一年もない。その利益も、借りた銀の利息に回ってしまうので、結局は他人のために稼いでいるようなものである。毎年、大晦日は橋本[51]の旅籠屋を定

48　長崎丸山町と寄合町の両遊女町を総称して丸山という。元禄四、五年には千四百四十人あまりの遊女がいた。
49　丸山町豊後屋五郎兵衛抱えの太夫。
50　当時、同名の太夫が三名いて、誰をさしているのか未詳。

宿にしておいて「ここで、年越しをするんが我が家のしきたりや」などとうそぶいているが、実は、大晦日の借銭を払いかねて、そうするのである。同じ事なら、そんなしきたりをやめて、京の我が家で年を取るようにしたいものである。

この男、よくよく世の中のことを考えて反省する。

「なるほど、ちんまり商いしておったら怪我せんわ。でも、世間の噂になるようなぼろ儲けは、ようせえへん。今年は、なんでもかまへんさかい、生糸商いのほかに一工夫して、銀儲けたるわい」

と、覚悟をして長崎に下った。ところが、いろいろ工夫をしてみたが、元手があってはじめて銀が儲かることばかりで、濡れ手に粟のような儲け口は一つもない。

「とにかく、来春の見世物小屋に出せるような、なにか変わった物欲しいのやが。京・大坂のからくり細工の職人も手を尽くして珍しい演《だ》し物工夫してはるから、ありふれた物はおもろうない。長崎の船来物に珍奇な物あるかもしれへん」

と探してみた。よくあるような演し物では観客から銭がとれないと吟味する。今まで見世物小屋に出なかったのは螭竜《あまりょう》[52]の子や火喰鳥[53]だが、これは長崎でも稀で、めったに手に入らない。そこで、こっそり唐人に相談してみた。

「異国に、なんぞ変わった物ないやろか」

「鳳凰も雷《かみなり》も話に聞いたことあるけど、見たことないよ。伽羅でも人参でも、日本で稀少な物、唐《から》にも少ないよ。銀を大切に思うから、百千万里の波風しのいで命と銀を替えて危ない商売しているのよ。銀ほど人の欲しいものはないよ。そう考えたらいいよ」

もっともな話だと思って、油断なく稼ぎ、船来の鳥をいろいろ仕入れて京に上った。しかし、これまで見世物になったものばかりで、いっこうに銭にならなかった。ただ見物人の見馴れた孔雀だけは、まだ人気が衰えず、やっとのことで元手だけは取り戻すことができた。これを思うに、世間でよく知られた物のほうが、かえって間違いがないようである。

51　現、京都府八幡市橋本。京街道の宿場町。
52　南洋産の大蜥蜴。延宝・天和ごろ長崎に船載。
53　駝鳥に似た鳥。長崎のオランダ屋敷で飼われていた。

胸《むね》算《さん》用《よう》　巻五

大晦日は一日千金

目録

## 大晦日の夜市（つまりての夜市）

なにもかも商売がなくなって不景気になったと感じるのは毎年のことである。しかし、たとえば相場が銀十匁と決まっている物を九匁八分で売れば、またたく間に千貫目分でも買い手がつく。また十匁で買おうとすると、即座に二千貫目分でも売り手がある。これを思うに、大都会に住む商人は大胆である。売るにしろ買うにしろ、みな商人の一存で決まる。

世間にないものは銀《かね》だとぼやくのは悪いところだけ見ているからで、じつは金銀は世に溢れているのだ。その証拠に、三十年来諸国はどこでも目に見えて繁盛しているではないか。昔、藁葺き屋根ばかりだった所は板屋根に変わり、「月ぞ洩りくる」[1]と詠まれた不破の関所あとでも、[2]今では瓦葺きに白壁の家が増えた。内蔵や庭蔵もあるし、大座敷の襖には、成金趣味の金砂子《きんすなご》[3]を嫌って、泥引《でいび》[4]きの紙に墨絵を描くなど、その趣味は都と変わるところがない。

また灘[5]の塩焼き海女は「黄楊《つげ》の小櫛もささで来にけり」[6]と和歌に詠まれたが、このような海辺の女でも、今は小袖をえり好みするようになった。上方の流行を聞いたり見たりして、「千本松の裾模様は流行遅れよ。今年流行っているのは、夕日に笹の模様ね」などと噂する。まだ京・大坂の場末ではそんな流行は知らないで、忍草や小桐の中型模様を着ているのに、こんな田舎でも、洒落た京染めが着られている。同じ京染めでも、肩先から郭公《ほととぎす》の二字を染め出したり、葡萄棚の所々に蔓と葉を茜色に染めたりした昔風の模様を得意がって着ているのは滑稽だが、流行った当時は見事だったにちがいない。どこにいても、金銀さえあれば自由にならないことはないのである。

1　「秋風に不破の関所の荒れまくも惜しからぬまで月ぞ漏り来る」（藤原信実『新後撰集』秋）。
2　現、岐阜県不破郡関ケ原町松尾大木戸坂にあった古関。歌枕。
3　金・銀箔の粉末を地紙に吹き付けたもの。
4　金銀の泥を地紙に刷毛で引いて艶消ししたもの。
5　現、神戸市東灘区から芦屋市にかけての海浜。
6　「蘆《あし》の屋の灘の塩焼いとまなみ黄楊の小櫛もささず来にけり」（『伊勢物語』八七）。

それとは違って、貧乏人の大晦日は、どう思案しても片がつくものではない。ないといっても銭一文ぐらいはありそうなものだと探しまわっても、どだい銭を置いてない棚をいくら探しても銭が出てくるはずがない。これを思えば、普段から地道に倹約するほかないのだ。煙草代を一日一文ずつ節約すれば、一年で三百六十文、十年では三貫六百文も銭が貯まる。こういう心がけで節約すると、茶・薪・味噌・塩など、どんな貧家でも一年に銀三十六匁の違いはでてくるものだ。十年節約すれば三百六十匁になる。これを複利で計算すると、三十年間では八貫目あまりの銀高[7]になる。わずかな事でも、普段から生活に気を付けなければならない。ことに昔から、晩酌する者は貧乏の花盛りといわれて、ますます貧しくなる。

さて、ここに火を吹く力もない、その日暮らしの釘鍛冶がいた。御火焼《おほたき》[8]の祭に稲荷様に供えた小さい御神酒徳利で、八文ずつのわずかな酒を、日に三度は買わないことがなく、四十五年このかた呑み暮らしてきた。この酒の量が毎日二合半《こなから》ずつ呑んだとして、全部で四十石五斗[9]となる。毎日の酒代が二十四文だから、それが積もりに積もって、銭一貫銀十二匁の両替相場で換算すると、銀四貫八百六十匁[10]にもなる。

「この男、下戸やったら、こげに貧しくならなかったのに」

と笑う人がいた。すると、この鍛冶は、我が家は十分治まっているとでも言いたげな平気な顔をして「世の中に下戸の建てたる蔵もなし」とうそぶいて酒を呑み続けた。その年の大晦日に、正月の用意をあらかた済ませて蓬萊を飾ったけれども、二合半の酒を買う銭がない。なにか足りないものがあると、家は寂しく感じられるものである。

「四十五年このかた、酒呑まんこと一日もあらへんのに、時も時、元日に酒のうては、年越した甲斐ないで」

と、夫婦で相談してみたものの、酒代の貸し手がいないし、質種《しちぐさ》もない。この夏に暑さをしのいだ編み笠がまだ青々として、少しも傷んでいないことを、やっと思いついた。

7　年利一割二分とすれば、三十年後に元利合計が八貫六百八十八匁になる。
8　十一月八日に稲荷神社で庭火を焚き、新穀や神酒を供える。
9　二合五勺ずつ、旧暦の一年三百六十日呑むと、四十五年で四十石五斗になる。
10　毎日二十四文で四十五年（一年は三百六十日）で三百八十八貫八百文。銭一貫銀十二匁（九六銭換算で、銭八十文で銀一匁）の相場で銀に直すと四貫八百六十匁になる。

「これ、来年の夏までまだ間あるし『宝は命の差し合わせ』[11]ちゅう諺もあるくらいや。これ売って、急場をしのぐほかないで」

と、すでに始まっている古道具の夜市にまぎれこんだ。市の様子をうかがうと、たいていの人が行き場所のない借銭持ちの顔つきをしている。

夜市の亭主は、売買手数料を一割もらえるせいか気負い込んで値を競り始めた。大晦日の宵に売りに出す物だから、よくよく困って競りに掛けた哀れな品物ばかりである。十二、三の女の子の晴れ着のようで、萌葱《もえぎ》色の地に洲崎《すさき》模様を鹿子《かのこ》染め[12]にして裏は薄紅色で、中綿はたっぷり入れてあるが、まだ袖口を縫い合わせていない。「これを欲しい者ないか、ないか」と競られたところ、わずか六匁三分五厘でおちた。この値では裏ばかりでも作れまい。

その次に、小型の丹後鰤が片身だけ売りに出された。こんな物でも買い手がついて、二匁二分五厘で売れた。そのあと二畳吊りの蚊帳が出て、八匁から二十三匁五分まで競りあがったが、値の折り合いがつかず、売り手が引っ込めた。

「こりゃ、よう売らんわ。蚊帳、大晦日まで質種にせえへんほどの身代さかい、まだゆとりあるわ」

と、誰かが言ったので笑いが起きた。

続いて、十枚継ぎの蠟引き紙に、お家流[13]の免許を得た人が花押まで記した書が売られたが、一分から値が始まってやっと五分まで競り上がった。

「そりゃ、あまりなこと。紙ばかりでも三匁の値打ち物でございますよ」

と、売りに出した男が言った。

「なるほど、もっともや。何も書かれてへん紙なら三匁するやろな。でも、じゃまくさい手本書かれているさかい、五分でも高いわ。どんなえらいさん書かはった筆かもしれへんが、こりゃ褌《ふんどし》手じゃ」

と、夜市の亭主。

「褌手？　どういうことでございますか」

「今時、男と生まれて、これくらいの文字、かかへんもののないによって、褌手という」

11 財宝は、持ち主の命を救うために役立てるものだという意の諺。

12 薄青色の地に、洲崎（河海に長く突きだした洲）模様を鹿子染めにした布地。

13 伏見天皇の皇子、尊円法親王《そんえんほっしんのう》の書法。

と、亭主が吹き出した。

次に、「これは割れ物、割れ物」と大事そうに出されたのは、高価な南京焼[14]の刺身皿十枚。その間に挟まれた紙を見ると、京・大坂の有名な遊女からの古手紙である。あわただしいなか「おやっ」と思って読んでみると、みな十二月に出された手紙で、愛しい、恋しいどころではなく「申しにくいことですが」と、銀《かね》の無心の手紙ばかりである。

「恋も無常も銀がなくてはなりがたし、ちゅうとこやな。この皿出したお人も、きっとお大尽と言われはったんやろ。この手紙一通銀一枚[15]にあたるかもしれへん。そやから、皿よりこの反古《ほご》のほうが値打ちもんやで」

と、亭主が言うと、皆々大笑いした。

そのあとに、不動明王の像一体・独鈷・花皿・鈴《れい》・錫杖、護摩壇と、お祓いに使う仏具一式が、競りに出された。

「このお不動様も、ご自身の富貴はよう祈れんようでんな」

と、皆がささやいた。

ここで、例の編み笠が競りに掛けられた。

「哀れやな。見てみい。この笠、幾夏も被ろう思うたんやろ。古い鼻紙で袋作って入れてはる。ごっつうケチなやつの売り物やで」

売り手本人がいるにもかかわらず、競り市の亭主が言う。銭三文から始まって、十四文で売れた。この銭を受け取るとき「この笠、五月に三十六文で買《こ》うて、神さんに誓《ちこ》うて言うけど、庚申《こうしん》参りにただ一度、被っただけや」とこぼしたが、我が身の恥をさらけ出したようでおかしかった。

その夜市のしまいに、ある人が、歳暮に配った扇の箱二十五と煙草の入った箱一つを、二匁七分で競り落とした。帰ってから見ると、煙草箱の下に小判三両が入っていたのは、思いもかけない幸運と喜んだそうだ。羨ましいこっちゃ。

14　明末から清初にかけて景徳鎮で焼かれた上絵つきの磁器で高価。
15　銀一枚は四十三匁。巻一注9参照。

## 筆の軸を工夫したすだれ（才覚のぢくすだれ）

大晦日の夜に苦労したことに懲りたある男が、来年からは、正月三が日が明けたなら、四日からは商売に油断せず、買い物はすべて現金払いにしようと決心した。銭のないときは魚を買わないほうがいいし、支払いは五節句ごとにきちんと済ませようと、その時にはそう決心したものの実行できずに、借金取りは怖いという気持ちだけがそのままで、またすぐに正月になってしまった。

そこで、今年は今までのやり方を変え、十日にする帳綴じ[16]を二日に繰り上げ、五日にする棚おろし[17]を三日にして、にわかに暮らし方を引き締めた。とかく外出するから、予定外の銀をつかうはめになり、物見遊山や参詣にさそわれて、大切な一日を無駄に過ごしてしまう。こんな馬鹿げたことはないと、商売以外のことには人と口をきかないことにした。

毎日、こまめに損得勘定して、何をやっても利益を得ることの少ない世の中だから、家計に出費しないようにするのが一番いいと考えた。三月の出替わり[18]から飯炊きを雇わず、前垂れをした女房に雑用をさせた。自分も、昼間は旦那といわれて店で仕事に励むが、夜には門の戸を閉めて、丁稚が碓《からうす》を踏むのを手伝ってやったり、外出したあとの足は、湯でなく、井戸から汲みたての水で洗ったりして節約に努めたけれど、これを世間では「煽《あお》ち貧乏」[19]というのだろう。思うようには商売がなく、日向《ひなた》に置いた氷のように財産が減る一方だった。「どんなにあがいても、一升入りの柄杓《ひしゃく》には一升しか入らないものだ」と、昔の人が言った通りである。だから、熊野比丘尼《びくに》[20]が、人間の一大事を絵解きする地獄・極楽の絵図を人々に拝ませ、息の続くかぎり流行歌を歌って勧進しても、腰に差した一升柄杓に一杯の米もなかなか貰えないのだろう。

同じ後世を願うにしても、勧進する人によって、寄付しようとする人々の志が違ってくる。去年の冬、奈良の大仏殿再建のため東大寺竜松院の公慶《こうけい》上人[21]が自らお出かけ

---

16　商家で、その年の帳面を綴じて上書きする行事。普通は正月十一日に行うが、上方では十日に繰り上げて行った。
17　年頭に、在庫品を調べてその売値などを元帳に記入した。
18　三月五日の、奉公人の入れ替わる日。
19　扇であおぎたてられるように、貧乏に始終追われること。
20　熊野神社の牛王《ごおう》の神符を売り、地獄極楽の絵解きをしながら米銭を乞うた尼僧だが、唄を歌い、売色する者もいた。

になって、諸国を勧進された。信心のない人には勧めず、無言で廻られ、自分から寄進しようとする人からだけ金品を受け取られた。熊野比丘尼と同じ一升柄杓でも、一歩歩けば銭一貫文、十歩歩けば十貫文の寄進があり、金銀を投げ入れる者もいた。「釈迦も銭ほど光る」という諺のように、これほど賽銭が集まる今は、仏法盛んなご時世である。

これは格別な寄進だと、宗派を超えて八宗の信者がこぞって奉加したのは、まことに殊勝なことだった。小家の多い町外れでも、長者の万貫と同じように貧者の一文は尊いとばかりに人々が寄進した。小銭でも積もれば、一本銀十二貫目もする大仏殿の丸柱になるものである。これを思うと、世の人々はめいめい気を引き締めて、わずかな銭でも蓄えなければならない。

金持ちになるような人は、生まれつきからしてただ者ではない。ある人の息子は、九歳から十二歳の年の暮れまで手習いに通わせていたところ、その間に使えなくなった自分の筆の軸や、他人の捨てた筆の軸を拾い溜めて、十三歳の春に、手細工で軸《じく》簾《すだれ》を三つこしらえた。一つを一匁五分で売り、初めて銀四匁五分も儲けた。親は、我が子はただ者ではないと、嬉しさのあまり、手習いの師匠に自慢したけれど、師匠は少しも褒めなかった。

「わし、この年まで数百人の子どもを預かって教えてきたけど、お前様の子のように、気の廻りすぎる子で、末は金持ちになった者はおりまへんな。かといって、乞食するほど落ちぶれるわけでもなし。まあ、中ぐらいよっか下の渡世をするのが精一杯やろな。そう怒らんと聞きなはれ。そう思うには理由があります。お前様の子だけ賢いと思ったらあきまへん。もっと目端《めはし》の利く子ども、ぎょうさんおりますわ。自分の当番の日はもちろん、他人の当番日にも、箒、手にして座敷を掃いて、子どもらの丸めて捨てた反古、ぎょうさん集めて、一枚一枚皺伸ばして、毎日屏風屋に売って帰る子もおります。これなど、筆の軸を簾にするよっか当座の役に立ちますねん。でも、あきまへんな。別な子は、手習いの紙を余分に持ってきて、紙使いすぎて困ってはる子に一日一倍増し、つまり十割の利子つけて貸しだす。一年で利子が積もってごっつう儲かります。でも、こんなのは親の抜け目のないやり方、真似ている

21　東大寺竜松院の公慶上人は、貞享元年六月に、焼失していた奈良大仏殿再建の官許を得て、翌年十一月から諸国を勧進した。大仏殿の着工は、元禄十四年。

だけや。自然にわいてくる自分の知恵ではあらしまへん。

そん中でも、一人の子は、父母が朝夕言わはる『他のこと考えず、手習いに精出せ。大人になったら必ず役に立つ』ちゅう言葉を反古にしてはあかんと、明け暮れ手習いに精進して、とうとう兄弟子追い抜いて、上手な筆の使い手にならはった。この心がけやったら、将来金持ちになること請け合いますわ。なぜなら、家業一筋に打ち込むさかいに。そもそも、親の代から続けてきはった家業をかえて、うまくいった例《ためし》はあらへん。手習いの子どもでも、己のやるべき手習いをうっちゃって、小さいときから抜け目ないのは、余計な欲ちゅうもんですわ。肝心の手習いをないがしろにするのはあきまへんな。お前様の子は、心掛けがいいとはいえまへん。

子どもの頃は、花をむしったり凧をあげたりするんがええわ。知恵のつく頃にならはったら、行く末のこと考えさせる、それこそまっとうな道ですわ。七十になった老いぼれが言うことやけど、まあ、行く末をご覧《ろう》じろ」

と、子どもらの将来を予測した。手習い師匠の言葉に違《たが》わず、この小賢しい子どもたちは、一人前となってから、あれこれと商売を替えて稼ごうとしたが、みな落ちぶれてしまった。

軸簾を作った子は、冬日和の霜どけ道のために、草履の裏に板をつけて履くことを考案したが、長くは流行らなかった。また。紙屑を集めた子は、瀝青《チャン》[22]を塗った素焼きの油皿を売り出したけれど、大晦日に灯火ひとつしかとぼせない身代に落ちぶれた。ところが、手習い一筋に頑張った子は、少し物事にうといように見えたが、生まれつき度量が大きく、油樽に胡椒を一粒入れて、江戸へ回送する菜種油が寒中にも凍らない工夫を考え出し、たいそう儲けて、楽々と老後を迎えた。同じ思いつきでも、油皿と油樽とでは大違い、人の知恵ほど差が出るものはない。

## 平太郎殿の讃談（平太郎殿）

古人も「世帯仏法[23]」と言っているが、今でもその通りである。毎年節分の夜は、浄

22 松脂などを混ぜ合わせた濃褐色の防腐剤で船体などに塗った。この場合には素焼きの皿に油が染みこまないように皿の表面に塗ったのだろう。
23 「世帯仏法、腹念仏」仏法を説くのも、生活のためだという意の諺。

土真宗の寺に信者が集まって、平太郎殿[24]の徳を称える法話を聞く。聞くたびに同じ話なのだが、ありがたい法話なので、この日には、老若男女の参詣人が群集する。

ある年、大晦日と節分が重なったこと[25]があった。大晦日の掛け取りの声や銀天秤の針口を叩く音が響くかと思えば、それに厄払いの声や節分の豆撒きの音が混じり合った。「暗がりに鬼つなぐ」[26]というが、今宵はそんな夜で、気味が悪い。

さて、ある寺では太鼓を鳴らし仏前に灯明を上げて参詣人を待ち受けていたが、初夜[27]の鐘をつくまでに、集まった者は三人しかいなかった。勤行《ごんぎょう》をすませた住職は、節分とはいえ、この日が大節季で世間が多忙なことに、しばし思いをめぐらせた。

「さて、今日は一年の締めくくりの日やさかい、皆々忙しゅうて、お参りの衆もおられんようですな。けれど、孫子《まごこ》に世帯譲って閑にならはったお婆たちは、今日とて、なんぼ用があるわけでなし。仏さんのお迎え船が来たなら、乗りとうないとは言われんはずじゃ。なのに、お参りようせんとは愚かなことや。哀れなことや、悲しいことや。とはいえ、たった三人に、平太郎殿の讃談聞かせても、しゃあない。仏のことやというても、ここが思案のしどころ……三人の賽銭では、灯明の油代にもならんさかい、せっかくしゃべくっても、損するばかりや。めいめい賽銭取り戻して帰ってくれへんか。世間の人々は、暮らしにかまけて、参詣も、ようせえへんのに、お前様たちは奇特千万。これこそ信心ちゅうもんや。阿弥陀様も忙しいなか足運ばはったお前様たちの損になるようにはしはりません。閻魔庁《えんまのちょう》の金の台帳に三人の善行書き込んで、未来できっと帳尻合わせてくれるさかい、見捨てられたと思ったら絶対にあかんで。仏は慈悲第一、少しも偽りはございません。頼もしく思いなはれ」

住職の話を聞いていた一人の婆が涙を流した。

「只今のありがたい話をうかがいまして、つくづく我が心底が恥ずかしゅうなりました。今夜は信心でまいったのではございません。一人いる悴《せがれ》めが、常々渡世に油断して、借金取りに責め立てられまして、節季節季に嘘ついて逃げ回っておりましたが、この大節季は、どう思案しても借金が払えません。それで、『おっ母、寺に行ってき

24 親鸞上人の門弟真仏の俗名。十三世紀、関東における教団の中心として活躍。熊野に参詣し、節分の夜に親鸞上人の奇瑞を見たと伝えられる。真宗寺院では、節分の夜に平太郎の讃談をした。
25 節分は立春の前日。大晦日に節分が重なった日は、延宝元年十二月三十日。
26 気味の悪いことを言う諺。
27 午後八時ごろ。

大

てや。そのあと、姿見えへんと大騒ぎして、近所の衆に探してもらう。太鼓や鉦を叩いて探し回っているうち夜が明けるちゅうわけや。古いやりかたかもしれへんけど、大晦日の夜に、お婆を返せと探させるのはわいの発明や』と、私を寺に追いやりました。近所づきあいの義理とはいえ、皆様に思わぬ御迷惑かけてしもうたこと、これは大罪でございます」

と、嘆いた。すると、また一人の男が、老婆につられて話し出した。

「わいの生まれ故郷、実は伊勢なんですわ。けど、人の縁ほど分からんものはありまへんな。ここ大坂には親戚もおらへん。大坂の旦那廻りしはる伊勢の御師《おんし》[28]に雇われて荷持ちしておったのやけど、大坂の繁盛まのあたりにして、ここなら何してても、二人や三人の食い扶持ぐらい稼げるやろうと思うたんどす。幸い、大和に行商してはった小間物屋の後家、二つになる子おりますねんけど、そりゃ色白で、しかも頑丈そうな体つきしてますねん。共稼ぎで暮らしを立て、老後はこの子の世話になろうと、マアそれ楽しみに聟入りしたんですわ。それから半年たたないうち、あきまへんわ。なんせ、勝手も分からへん行商やさかい、すこしはあった銭、みな使い果たしてもうて、十二月初めごろから商売替えようとあれこれ考えながら家でぶらついておったんですわ。そしたら女房は、子をあやしながら『お前も耳があるのやさかい、ようお聞き。お前の実の父《とと》はんは、小男でも賢かったと思いなはれ。女仕事の飯炊きまでしはって、わては宵から寝させてもろうた。実の父はんは、夜明けまで草鞋《わらじ》を作らはる。自分は襤褸《ぼろ》着てはっても、女房子どもには正月晴れ着拵えてくれはった。この黄枯茶《きがらちゃ》[29]の着物、その時の記念《かたみ》や。なんでも、昔から馴染んだものがええ。父様恋しいと泣けやい、もっと泣けやい』と言う。こん時ほど、入り聟して悔しいと思うたことおまへん。堪忍でけへんとこやけど、仕方なく日を重ねておりました。そのうち、故郷の伊勢に、少し貸し銀残してきたこと思い出して、それ集めて節季の支払いにあてようと、はるばる伊勢まで下ったんですわ。でも、その甲斐ものうて、銀貸した連中、みな国元から出てしもうて、手ぶらで、今日の夕食前に家に帰ったとこです。したら、女房がどう工面したんやら、餅も搗《つ》き、薪も買い、神棚の折敷には、ウラジロが青々と供えられてますねん。世の中は嘆くばかりでのうて、捨てる神あれば拾うてくれはる神はん

28　伊勢神宮の神職で、太夫ともいい、諸国の受け持ち地域の信者を廻って、伊勢暦などを配り、金銭を得た。
29　丁子《ちょうじ》の煎じ汁で染めた黄褐色。

もいる。わいが留守の間に、女房が、借金手際よう片付けてくれたんかと嬉しゅうなって『今、無事に帰ったで』と言うたら、女房もいつもよりか機嫌がえろうよろしゅうおます。洗足《せんそく》の湯取ってすぐに、気持ちよう膳が出されました。節分さかい鰯膾の皿に、塩鰯の焼き物。箸をつけて食おうとしたら『伊勢の銀、取ってきはった？』ときかれました。『ダメやった』と、わいが言い訳するのやけど、女房は聞く耳持ちまへん。『あんた、よくもマア、手ぶらで戻ってこれたな。この米、一斗を二月晦日に返すちゅう約束で、わての身を抵当にして借りたのや。一石九十五匁もする米返すのやで。世間では一石四十匁の米を食うているのに、利息のついた九十五匁の米、食わねばあかんのや。あんた鈍《どん》やさかい、こんな目にあう。持ってきた物は褌一筋やろ、このまま出て行っても、あんたの損にはならへん。夜になると暗《くろ》うなる。足下の明るいうちに、とっとと出ていきなはれ』と、食いかけの膳取って追い出そうとする。近所の衆も集まってきて『御亭主様には気の毒やが、入り聟になったのが不運や。男やったら、ここはきっちり出て行くべきや』と、口々に言わはって追い払われてしもうた。あんまりや……悲しゅうても泣くに泣かれまへん。明日は国元に帰るつもりやけど、今晩泊まるとこ、あらしまへん。わいは法華宗。[30] そやけど、ここに参りました」

と、我が身の懺悔話をしたのは、哀れにもまたおかしかった。二人の話を聞いていた三人目の男が笑い出した。

「わいの身の上は話にもならんわ。家にいれば、方々から借金取りが押しかけて、生きてはおられへん身や。誰に頼んでも銭十文貸してくれへん。酒呑みたいし、体は冷える。いろいろ悪事たくらんでみたけど、どうあがいても年をよう越せへん。我ながらあさましい思いつきやが、今宵は寺で平太郎殿の讃談あるさかい、参詣人がきっとぎょうさんおるやろう。その草履や雪駄を盗んで、酒代にしようとしたのやけど、この寺ばかりか、どこの寺でも参詣人ちっとも集まっておらへん。仏の目ごまかすことはようでけへんもんどすな」

そう身の上を語って、涙にくれた。三人の話を聞いていた住職が横手を打って感じ入る。

「それにしても、貧から、いろいろ悪心が起こるもんやなあ。人はもともと仏の心を

30　法華宗は他宗を認めず、とくに浄土真宗とは仲が悪かった。

もっているはずなのやけれど、浮世の貧乏ばかりは、どうしようもないようや」と、つくづく人間界に思いを馳せた。

そこに女が慌ただしく走ってきて「姪御《めいご》様、たった今安産しはりました。お知らせ申します」と言う。「こりゃ、めでたい」と思ったら、すぐその後から「箱屋の九蔵、今さっき借金取りと口論、首くくって死んでもうた。夜中過ぎに葬儀を出すさかい、ご苦労ながら火葬場にお出でくだされ」と言ってくる。なんだかんだと慌ただしいなか、今度は仕立物屋がやってくる。

「ご注文の白小袖、ちょろりと盗まれました。探しても、よう見つからんときには弁償しますさかい、御損はかけますすまい」

東隣の家からは「お願いがございます。今晩突然、井戸が潰れてもうた。正月五日間、水をくだされ」と言ってくる。

そのあとからは、一番大切な檀家の一人息子が、放蕩に金銀を使い過ごして勘当、大坂から追い出されるという為体《ていたらく》で、見かねた母親の知恵で、この寺に正月四日まで預けによこす。これも、断れない。浮世に住むからには、暇なはずの師走坊主も暇がないことだ。

## 繁盛の江戸出店（長久の江戸棚）

天下泰平、国土安穏の御代のおかげで、諸国の商人はみな江戸商いを志し、めいめい支店を出すようになった。諸国からの荷は、海路や陸路で運ばれて、毎日、数万駄[31]の荷が問屋に送られてくる。これを見ると、世の中には金銀が溢れているのに、それを儲ける才覚がないのは、商人に生まれて悔しいことである。

さて、日本橋通町《とおりちょう》の十二月二十五日[32]からの繁盛、世間で言う宝の市とは、まさにここのことだろう。日用品を売る店はさて置いて、正月用品を売る店を見ると、京羽子板や玉ぶりぶり[33]など子どもの玩具にまで金銀がちりばめられ、破魔弓一挺を小判二

31　一駄は四十貫（百五十キログラム）までの荷を積む。
32　十二月二十五日から三十日まで、日本橋通町に年の市がたった。原文は「十五日」とあるが、誤り。
33　正月の玩具。「京羽子板」は、胡粉を塗った上に殿上人や御殿女房を描き、金銀箔を押した羽子板。「玉ぶりぶり」は、金銀箔を押した八稜型の槌で木製の玉を打って遊ぶ。

両で買い求める人がいる。諸大名の子息にかぎらず、町人までもこんな買い物をするのは、江戸の人々の度量が広いからだろう。

通路の両側に小屋掛けした店はたいそう賑わって、銭は水のごとく流れ、白銀は雪のように積もっていく。美しくそびえる富士山の眺望は素晴らしく、日本橋を渡る人々の足音は、数千万の車が轟くように聞こえる。日本橋船町《ふなちょう》[34]の魚市場で毎朝売り上げ帳に記される金額は莫大で、我が国は四方を海に囲まれているものの、浦々の魚の種がよく尽きないものだと話題になるくらいだ。神田須田町の青物市場へは、毎日大根が田舎馬に積まれて数万駄も運び込まれるが、まるで畑が歩いてくるようである。半切桶[35]に並べられた唐辛子は、秋の深まった竜田川の紅葉を、ここ武蔵野で見るようなものだ。

日本橋瀬戸物町[36]や麴町[37]の店先に置かれた雁や鴨は、さながら黒い雲が地を覆うごとくである。日本橋本町[38]に軒を連ねる呉服屋に並べられた五色の京染めや、武家の女性向けの散らし模様は、四季を一度に眺めたように華やかで、美人の色香が漂うばかり。伝馬町[39]の綿問屋に積まれた綿は、雪の曙に吉野の山々が照り映えるようだ。

夜になると多くの提灯が道を明るく照らしだす。大晦日の夜には一夜に千金の動く大商いが行われる。ことに足袋や雪駄は、諸職人が買い物の最後に購入するものなので、夜明け方にも買いに来る人が多い。ある年、江戸中の店で品切れして、雪駄一足、足袋が片方でも買えなくなったことがあった。幾万人が履く物でも、こういうことがおこるのは、江戸が日本で一番人の集まる大都会だからである。宵のうちは一足七、八分の雪駄が夜半過ぎには一匁二、三分に値上がりし、夜明け方には一足二匁五分の値がついたが、買う人ばかりで売る人がいなかった。また、ある年には竈の上に掛ける縁起物の掛け小鯛が二枚で十八匁ずつしたこともあった。橙《だいだい》40一つが金子二歩した時にも、高値だからといって買わない人はいなかった。

34　後に本船町というが、その俗称。日本橋と江戸橋間の北側河岸。現、中央区日本橋室町一丁目・本町一丁目。
35　底の浅い盥のような形の桶。
36　現、日本橋室町一丁目。野鳥を売る鳥屋があった。
37　現、麹町五丁目。野鳥や獣肉を売る鳥屋があった。
38　現、日本橋本石町《ほんごくちょう》二・三丁目、室町二・三丁目。呉服の大店が軒を連ねた。
39　大伝馬町一丁目（現、日本橋本町二・三丁目）に綿問屋が多かった。
40　正月の飾り物に使う。巻一の三を参照。

京や大坂では、相場より高い物は、たとえ祝儀用の物でも、買い整えることはない。江戸の人は、どんなに高くても買ってしまうので、こういうところが大名気質だといわれるのだ。

京・大坂に住み慣れて気の小さかった者も、江戸で暮らすようになると、気が大きくなって、銭緡《ぜにさし》の九六《くろく》[41]銭を数えるようなことはせず、小判を厘揉《りんだめ》[42]にかけて、ちまちまと重さを量ったりしない。少し軽目の小判を受け取っても、そのまま支払いにまわしてしまう。金は世の回り持ちの宝というわけで、誰一人として小判の重さを調べる者もいない。

毎月十七、八日までに上方に行く銀飛脚[43]の宿を見たことがある。多くの金銀が色も変わらず、東海道を上っては下り、一年に何度も旅をするのだから、金銀ほど辛労するものはほかにはない。これほど世に溢れている金銀だが、江戸でも、小判一両持たずに年を越す者もいる。そうかと思えば、御武家の歳末贈答の御使者は、太刀目録・御小袖・樽肴・箱入り蠟燭などを持って屋敷をまわる。贈答品のどれを見ても、万代の春を寿《ことほ》いでいる。町々に立つ門松は、まさに千歳山《ちとせやま》[44]の麓を思わせる。めでたい松の常盤を名にした常盤橋[45]を照らす朝日は、豊かに静かに万民を照らしている。人々は天下泰平の世を楽しみ、曇ることのなき春を迎えるのだ。

41 藁や麻を編んだ紐に、銭九十六文を通して、百文として流通した。付録「十七世紀の貨幣制度」参照。
42 匣・毛など少量の重さを量る秤。匣秤《りんばかり》ともいう。
43 三都間の金銀を運ぶ飛脚で、寛文十一年に始まる。早便で六、七日、並便で九、十日かかった。
44 歌枕。「松は常盤の色添へて国土豊かに栄ゆくや」（謡曲「氷室」）を踏まえて松平（徳川）氏を寿ぎ、江戸城を千歳山にたとえる。
45 江戸城大手門から本町一丁目にかかる橋。

元禄五壬申年初陽吉日[1]

書肆

京二条通堺町
上村平左衛門[2]

江戸青物町
万屋清兵衛[3]

大坂梶木町
伊丹屋太郎右衛門[4]

板行

1 正月。
2 京都の売りさばき元。
3 江戸の売りさばき元。
4 本書の版元。

# 解説

中嶋隆

## はじめに

冒頭から個人的思い出話で恐縮である。数年前、NHK・Eテレの「知恵泉」(前・後編)という番組で、タレント壇蜜さん、映画監督上田慎一郎さんと、西鶴について鼎談《ていだん》したことがあった。

上田さんの監督デビュー作「カメラを止めるな!」には、西鶴の影響があるのではないか、と密かに私は思っていたのだが、壇蜜さんも上田さんも西鶴を読んだことがないとのことだった。それも無理からぬことで、この番組を担当した、若い敏腕ディレクターも、ねじり鉢巻きのにわか勉強で制作に臨んだようだ。

私はディレクター作成のシナリオを、失礼ながら「こりゃあ『吾輩は猫である』を猫の飼育をテーマにした小説だと説明するようなものだよ」と皮肉を言いながら、何度も訂正した。

収録数日前に、ディレクターから「番組後編の出だしに出演者が食べる料理を、西鶴作品に出てくる『芋蛸なんきん』にしたので、この料理の説明をしてくれ」と指示されて唖然。「そんな料理は西鶴作品に出てこないから『杉焼《すぎやき》』にかえてください」と急遽変更させた。調理スタッフもさぞ困ったことだろうが、まあ、世間一般の西鶴理解は、こんなところかと、あきらめた次第。

そうやって満を持して臨んだスタジオ収録だったが、壇蜜さんも上田監督も、ディレクターと私が苦労して制作したシナリオは全く無視して、自分の若いときのエピソードをまじえながら、ナレーションで紹介される西鶴について勝手なことを奔放に話し出した。しかし、それが実に面白い。なまじ西鶴について先入観がないのが幸いしたのだろう。私も、お二人の話に、実に楽しく対応させてもらった。

話題が『世間胸算用』に及んだとき、なぜ、西鶴は冷徹にこんな事が書けたのか、という話になった。私は、シナリオにはもちろん書かれていなかったが、咄嗟に「西鶴には、描く対象と、それを書く自分、さらにそういう自分を見ているもう一人の自分がいたのでしょう」と応じた。

こんなことは、実証を旨とする研究論文には到底書けないことなのだが、若いときから、私が西鶴に感じていたことである。
スタジオ収録の半分以上はカットして編集されたけれども、私の漏らした本音は、そのまま放映された。『世間胸算用』は、西鶴が描く対象を笑いのネタにするだけでなく、読者である町人、さらには自分自身さえ笑おうとした作品だと思う。

## 「昭和元禄」とは？

「昭和元禄」という不可解な言葉がある。二十代、三十代の若い読者には、昭和という時代は、まだ生まれる前だから、一種の蠱惑《こわく》的イメージを伴っているのかもしれない。少し、説明したい。

この言葉が流行したのは約半世紀前、昭和四十三（一九六八）年ごろからで、「猛烈社員・企業戦士（家庭を顧みず、会社第一に働く根性社員）」が理想的サラリーマンとしてもてはやされ、小川ローザが風でまくれたミニスカートを押さえて「Oh！モーレツ」と囁くテレビCMが人気になった時期である。今では信じられないだろうが、仕事より家庭を尊重するサラリーマンは、「マイホームパパ」と呼ばれて「猛烈社員」から非難、軽蔑された。

それから、二度のオイルショック不況もなんのその、不死鳥のように復活して成長を遂げた昭和経済。銀座の高級クラブで遊んだサラリーマンが、万札を振りかざして深夜タクシーを呼ぶ光景が話題になり、ディスコのお立ち台ではボディコン娘が踊りまくったバブル経済期が登場する。日本経済はアメリカを追い抜かんばかり。社会学者エズラ・ヴォーゲルの『ジャパン・アズ・ナンバーワン』(原題 *Japan as Number One : Lessons for America*)は、昭和五十四(一九七九)年にベストセラーとなった。

この本は、原題のサブタイトルに、「アメリカへの教訓」とあるように、もともとアメリカ人向けの本だったが、翻訳されるや、日本で爆売れした。理由は、戦後の日本人の敗戦コンプレックスを吹き飛ばし、「戦争には負けたが、経済では勝った」という自尊心をくすぐって、経済力が戦後日本のナショナル・アイデンティティを形成するかのような幻想を与えたからである。反面「エコノミック・アニマル」という言葉も流行ったのだけれど。

一方、巨額の貿易赤字を抱えたアメリカの対日圧力は強まる一方。ソ連と日本とは、アメリカの二大脅威だと、日本人は眼鏡に狐目のステレオタイプに戯画化され、ずるがしこいと揶揄《やゆ》された。そんな時代もあったのだ。この頃を知っている古い世代のアメリカ人のなかには、今でも日本人をそういう目で見る者もいる。

私は、古典新訳文庫『好色一代男』の解説で、ベストセラーは「作者・読者・流通の常識をひっくりかえした本」だと述べた。日本ではほとんど知られていなかった社会学者の著作が、広範な日本人に読まれ、大衆文化のレベルでも（内容はよく知らなくても）、「ジャパン・アズ・ナンバーワン」という言葉が流行した。これらの点でもこの本はベストセラーにふさわしかった。

それから、バブルのはじけた低成長時代が始まった。日本の優秀な官僚制度、社員の雇用と福祉を尊重する企業風土、日本人の勤勉さと教育投資、チームワークのとれた独創性等々の神話が崩れさった。そして、最近は物価高が目立つようになったけれど、平成・令和と不況が続いている。

平成・令和と違った、平和で繁栄した昭和のイメージが、幕藩体制のなかで力をつけた町人、「マツケンサンバ」の歌い手のような大金持ちが、遊廓で小判をばら撒いた「元禄時代」のイメージ——あとで述べるが、これは誤解なのだが——と、恐らく重なったのだろう。

## 昭和もいろいろ

まず、昭和という時代。私が生まれたのは、日本がソ連以外の連合国と講和条約を結んだころ、というと戦後史の講義のようだが、アメリカ軍の占領（進駐）が終わって、戦後日本の独立が始まったころである。さすがに朝鮮戦争の記憶はないけれど、以降の日本経済の浮き沈みを体験してきた。昭和四十年代まで、日本人は貧しかった。いや、高度経済成長期でさえ、客観的にみれば、低成長・デフレ時代と言われるこの三十年よりも、日本人は貧しかった。バブル期になっても、現代のように二十代の学生が風呂付きマンションに住み、卒業記念に気楽に海外旅行に行ける時代ではなかったのだ。

それなのに、デフレ時代に育った若者が、高度成長期やバブル期の昭和に憧れる。なぜだろうか？　それこそが、西鶴の描いた経済小説『日本永代蔵』や、今回「快訳（私の造語）」した『世間胸算用』を読んで、若い皆さんに考えてもらいたいテーマである。

私見を述べるなら、私は経済の上昇期と停滞期とがもたらした大衆意識の落差が原因だと思う。簡単に言えば、貧しい若者が自分の才能と努力で金持ちになれる。たとえ幻想であっても、そういう可能性が充溢《じゅういつ》していた時代が昭和だった。アメリカンドリームならぬ、昭和ドリームがあったのである。

ひるがえって、今は貧富の差を越えられないと誰もが感じている。「勝ち組」「負け組」の分かれ目は個人の才能ではない。資産の多寡である。ごく稀なケースを除けば、金持ちはますます裕福になるので、普通のサラリーマンには勤勉が美徳だとは感じられない。企業に忠誠心など持ち合わせない若者が早期退職するのが当たり前。働く側にも格差が広がって、非正規雇用から抜け出せない労働者が増えている。客観的にみれば、半世紀前より生活水準はあがっているのに、老後の心配が先だって、多くの人々は、自分が裕福で幸福だとは感じられないでいる。

## 元禄は夢と希望の時代？

『好色一代男』（天和二〈一六八二〉年十月刊）終章では、六十歳になった主人公「世之介」が、七人の友と「好色丸《よしいろまる》」に乗って、女だけが住むという「女護《にょご》の島」に船出する。この結末の解釈について、戦後の西鶴研究の権威、暉峻康隆《てるおかやすたか》と野間光辰《のまこうしん》とから、正反対の説が提出された。暉峻は「かえりみることのなき近世前期町人の青春の賛歌」[1]、野間は「最も深刻な絶望の表現、悲愴極まる捨身の行」[2]とした。

私は、この最終章は、七福神を乗せた宝船と「補陀洛《ふだらく》渡海」とをない交ぜにしたパロディだと思う[3]。宝船を描いた絵は今でもポピュラーだが、「補陀洛渡海」は、あまり知られていない。古代から、観音浄土の補陀洛山を目指して船出する宗教行事が行われていたのだ。西鶴のころは、和歌山県那智勝浦の補陀洛山寺の僧を水葬のように船に乗せて海に流した。西鶴は、「世之介」の目指す目的地を、観音浄土ならぬ、男の極楽「女護の島」に変えて、読者を笑わせたのである。

それはともかく、暉峻は肯定的、野間は否定的にとらえるという時代認識の違いがあるものの、両者に共通するのは、当時の社会経済状況が文芸に直接反映されていると考えたことだ。こういう反映論が「町人物」の成立論をゆがめたと、私は思うのだが、この点については、本書解説のなかで、具体的に述べることにする。

1　暉峻康隆『西鶴/評論と研究』昭和23年　中央公論社。
2　野間光辰「西鶴と西鶴以後」(『岩波講座/日本文学史』昭和34年　岩波書店)。
3　中嶋隆「『好色一代男』終章の『俳諧』―女護の島渡りと補陀洛渡海―」(『初期浮世草子の展開』平成8年　若草書房)。

西鶴が『日本永代蔵』を刊行したのは貞享五（一六八八）年（九月に改元して元禄元年）、『世間胸算用』刊行は元禄五（一六九二）年である。元禄は十七年まで続くから、「昭和元禄」を象徴する小説として、よく引用される西鶴町人物は、実は元禄初期の刊行である。では、元禄時代は、昭和のような夢と希望を若者に与えた時期だったのだろうか。

## 元禄は不況の時代

『世間胸算用』巻三の二「年の内の餅《もち》ばなは詠《なが》め」（原題）の一節を引用する。

昔は、売り掛けが百匁あれば八十匁は支払われたものだ。二十年ほど前には半分は確かに支払われた。それが、この十年このかた四割払いとなって、近年は百匁に三十匁だけ支払うのに、必ず悪銀《わるがね》二粒混ぜて渡すようになった。人の心がだんだんとさもしくなり、掛けで品物を買っておきながら、その代銀を払おうともしない。売る方は迷惑するが、掛け売りをしなければ商売をやめるほかない。節季に困ることには目をつぶって、とりあえず掛け帳につけておくのである。

当時上方では、商品を売ったら「掛け帳」に記録しておいて、年五回（三月節句前・五月節句前・盆前・九月節句前・大晦日）の節季になると、掛け売り元帳の「大福帳」から書き出した帳面で売り掛け金を回収した。現金による売買は「当座」売買と言われて、信用のない貧乏町人が行った。裏長屋に住む貧乏人相手の質屋を描いた本書巻一の二「長刀はむかしの鞘」（原題）を読めば、その生活が分かる。

引用したのは、貧乏な町人の話ではない。掛け売買をする中堅町人である。西鶴は、昔なら売り掛け金は八割返済されたが、二十年前ごろ（寛文十〈一六七〇〉年前後）から半分しか支払われなくなり、十年前（天和二〈一六八二〉年）には四割、近年は三割だけしか支払われなくなった、と嘆いている。『日本永代蔵』巻五の二「世渡《よわた》りには淀鯉《よどごい》のはたらき」（原題）でも、同じことが述べられている。

売り掛けも、例えば十貫目の物を買ったとしても、三分の一の三貫目を支払っておけば、世間に尾を見せることはなく、狐より化けすまして世渡りが出来る。

これも人の才覚次第である。

昭和バブル期の金余り好況と真逆である。簡単に言えば、町人には支払う銀がないのだ。つまり、不況である。そういう経済状況に陥っていたのが元禄期だった。

小説の記述はフィクションで、当時の経済実態を述べたものではないという反論があるかもしれない。一般的に、読者に夢を与えようとした小説、例えば『日本永代蔵』のように、資本がなくとも知恵才覚で金持ちになれるぞというモチーフをもった小説なら、フィクションが経済状況を反映していないと言えるが、右の西鶴の記述は事実だろう。なぜなら、現実とかけ離れた嘘なら、町人読者の失笑を買ってしまうからである。

## 元禄期の天災・飢饉と銀の流出

元禄時代の天災と飢饉、それに貿易で流出した銀について、簡単に述べたい。まず、西鶴の活躍した時期、寛文十三(一六七三)年(九月に改元して延宝元年)から元禄六(一六九三)年を中心に、元禄時代を広くとって将軍綱吉の歿した宝永六(一七〇九)

年までの三十六年間の社会状況を年表にしてみた。

延宝2（1674）諸国に風水害による飢饉。

延宝3（1675）諸国に飢饉、大和・摂津・河内に飢民救護米。

延宝4（1676）長崎代官末次平蔵、密貿易の罪で流罪。尾張に水害。

延宝8（1680）綱吉、将軍に就く。諸国飢饉。

延宝9〈天和元〉（1681）江戸市中の米・麦・大豆の買置き・占売を禁止。酒造半減令。春、近畿・関東飢饉。

天和2（1682）江戸大火。

天和3（1683）奢侈《しゃし》品の輸入禁止。日光山大地震。酒造半減令解除。

天和4〈貞享元〉（1684）服忌令制定。若年寄稲葉正休《まさやす》、大老堀田正俊を刺殺。長崎貿易の糸割符制を再興。

貞享2（1685）翌年からの長崎貿易額を制限（定高仕法）。抜け荷頻発。

貞享3（1686）朝鮮貿易額を制限。

貞享4（1687）生類憐みの令。

貞享5〈元禄元〉（1688）中国船の長崎来港数を制限。『日本永代蔵』刊。

元禄3（1690）捨て子禁止令。

元禄5（1692）『世間胸算用』刊。

元禄6（1693）井原西鶴歿。

元禄7（1694）江戸に十組問屋仲間結成。松尾芭蕉歿。

元禄8（1695）金銀貨を改鋳。武蔵国中野に犬小屋を設置、野犬を収容。奥羽・北陸飢饉。

元禄11（1698）江戸大火。

元禄12（1699）江戸米穀不足。困窮の旗本・御家人に賑救金を賦与。

元禄13（1700）金銀銭の交換値を定める。

元禄15（1702）凶作。奥羽地方に餓死者多数。秋、松前飢饉。

元禄16（1703）南関東大地震。江戸の被害甚だしく大火。小田原城破損。

元禄17〈宝永元〉（1704）浅間山噴火。諸国洪水、利根川出水で被害甚大。

宝永4（1707）宝永大地震。四国、近畿で津波被害甚大。富士山噴火。武蔵・相模・駿河で被害甚大。

宝永5（1708）京都大火、禁裏焼失。大坂大火。
宝永6（1709）徳川綱吉歿。

煩雑になったが、天災と飢饉が頻発し、対馬、長崎貿易の制限がたびたび行われた。貿易で、銀が朝鮮・中国・オランダに流出したからである。西鶴歿後であるが、元禄十五、六両年の飢饉と十六年の南関東大地震、さらに十七年の浅間山噴火、洪水の被害も凄まじかった。将軍お膝元の江戸には、北国米を航路で運んで餓死者を出さないという政策がとられていたが、地方の荒廃は目を覆うばかり。極めつきは、綱吉晩年の宝永四年大地震と大津波、その一ヶ月後に起きた富士山噴火である。

私は、この時期の「補陀洛渡海」をテーマにした小説『補陀洛ばしり物語』（ぷねうま舎　令和2年）を書いたので、読んでもらえれば幸甚。

このように、元禄時代は、繁栄とは裏腹の暗い時代だったのだ。「マツケンサンバ」のように、夢と希望に溢れた町人が踊り狂う時代ではなかったのである。

## 誤解された「天下の町人」

ところで、元禄期の町人が社会を動かしていたという意味で「天下の町人」という言葉が引用されることがある。例えば、本書巻三の一「都《みやこ》の㒵《かほ》見せ芝居《しばい》」（原題）の原文を引用すると「天下の町人なれば、京の人心、何ぞといふ時は大気なる事、是まことなり」（現代語訳は本文を読んでください）。

これを、この国を実質的に支配しているのは「天下の町人」だという意味に誤解するむきもあるので一言述べておきたい。

「天下」とは幕府直轄地の意味で、「天下の町人」は、将軍の統治する京・江戸・大坂の町人という意味である。天下様（将軍）の治める三都の町人だから、他の地の町人とは違うのだという、将軍の権威をアイデンティティの根拠に利用したまでのことだ。

これは、すでに戦前に中村幸彦が考証して、[4] 西鶴研究者には常識なのだが、一部の歴史学者が誤解したように、町人が天下を支配しているという階級的自意識を吐露した言葉ではない。

そもそも江戸時代を通じて、町人が武家社会を覆すという意識がもたれたことはない。本書の序文の冒頭「松の風静に」(原文)は、天下泰平を言祝ぐのに、「松」(徳川の本姓、松平)を遇しているぐらいである。

「昭和元禄」という言葉が流行したのは、元禄は「(武士ではなく)天下を実質的に支配した町人の時代」、昭和は「(軍事・政治はアメリカ依存でも)世界経済を実質的に動かしている日本の時代」という両者に共通する誤解に基づいた認識があったからだと思う。

**貧困の笑い**

現代は、貧困が多様化している。大晦日に掛け買い代金が支払えないという単純で分かりやすい貧困ではない。「嫉妬の経済学」とでもいおうか、貧富の境界に個人差がある。Aに比べて貧しいと感じるBがいたとする。BはAに嫉妬するが、そのBに嫉妬するCがいるというように。そのことを了解した上で、若い読者にあえて言いたい。

4　中村幸彦「『天下の町人』考」(「西鶴研究」第一輯　昭和17年6月)。

まず、貧困を思い浮かべてください。体験したことがないからイメージがわかないという幸せな人は、失礼ながらイマジネーションが欠落した方です。次に、思い浮かべた貧困をネタに友人をどう笑わすか考えてみてください。

これをやってみると、それがいかに難しいか、よく分かる。逆に言うと、西鶴が『世間胸算用』で描いた笑いの質というか、その仕掛けが見えてくる。大正・昭和初期の自然主義文学者が考えたように、私情を交えず、事実を客観的に描いただけなら、決して笑いは生じないだろう。

『日本永代蔵』と比較しながら『世間胸算用』の特徴を解説し、いくつか例をあげて、その笑いの仕掛けについて説明しよう。

**不景気な大晦日**

前述したように、西鶴が『世間胸算用』を書いた時期は、誰もが希望に溢れて妙に明るかった昭和バブル期のような社会経済状況ではなかった。暗い世相を明るく書くのも暗く書くのも、それは作者のモチーフの問題である。好況だから『日本永代蔵』のように作品が明るくなり、不況だから『世間胸算用』のように暗い作品世界になるというふうに、経済状況が作品に直に反映されるわけではない。西鶴は、『日本永代蔵』とは違った観点から世相をとらえ、『世間胸算用』を書いたにすぎない。

例えば巻四の三「亭主の入替り」(原題)である。この話は、大晦日の夜に、伏見京橋から大坂八軒屋に向かう淀川の下り船に乗り合わせた乗客四人の告白から構成される。本文を読んでもらえば分かるが、皆、年を越すに越せない男たちである。ただし巻一の二「長刀はむかしの鞘」(原題)で描かれたような裏長屋の貧乏人ではない。今までは何とかやりくりしてゆったりと暮らしていたが、どんなにあがいても、今年の大節季の支払いができないという中流町人の男たちである。

仕合わせ(チャンス)・元手(資本)、それに才覚があれば、誰でも金持ちになれるという『日本永代蔵』の前向きな商人像とは趣の異なった登場人物だが、西鶴が行き場のない人間を描いたと説明すると、自然主義文学者と同じような見解となってしまう。私が注目したいのは、この話を喜劇として描いた西鶴の仕掛けである。

## 懺悔物の系譜

登場人物の告白、懺悔を集めるという文芸様式は、江戸時代初期の小説にしばしば見られる。『三人法師』や『七人比丘尼』のように、僧や尼が、過去を懺悔するという形式がとられるので、「懺悔物」と呼ばれている。
「懺悔物」は、主人公が恋愛事件など、なんだかんだあった末に、仏道に帰依するというスタイルをとる。西鶴は、この様式を、経済的に行き詰まって切羽詰まった男たちの告白に変えたのだろう。懺悔を成り立たせている仏教理念、これを、西鶴は「亭主の入替り」では冒頭の「分別顔した男」の次のような言葉に変えた。

昼夜年中油断なく稼ぎはったら、大節季の胸算用違うこともあらへん。普段は手遊ばせといて、節季近《ちこ》うなったら、足下から鳥でも飛び立つみたいに、ばたばた働いてもしょうないわ。

こんなことは分かりきったことだと、当時の読者も考えたに違いない。元来、教訓は当たり前のことを書いても、読者にインパクトを与えられない。『日本永代蔵』には「大福新長者教」という副題が添えられているが、副題の通り、この作品には長者(金持ち)になるための実践的教訓がちりばめられている。その教訓内容とそれに即した話とが読者を惹きつけたのである。

『世間胸算用』の場合には、作品のなかの教訓のあり方が、それとは異なっている。読者は「大晦日の支払いに困らないように普段から油断なく稼ぎなさい」という当たり前の教訓を読むことになる。教訓内容についてインパクトはないが、「そや、そうせにゃならんな」と納得しつつ、それが守られずに苦労する商人の様々なエピソードを面白がって読んだのだろう。

懺悔物の主人公たちは、恋愛の破綻など様々な出来事の末に、仏道に帰依するのだが、『世間胸算用』の教訓は、その仏教理念が分かりきったことなのと同じである。この枠組みがあるからこそ、懺悔の物語的展開や、意表を突いた告白の面白さが際立つのだ。

**咄のオチ・サゲ**

この短編の題は「亭主の入替り」だが、これに該当するエピソードは最後に書かれ、全体の五分の一程度の分量にすぎない。簡単に言えば、親しい亭主同士が入れ替わり、互いの家で、それぞれ冷酷な掛け取りを演じて、他の掛け取りをあきらめさせるという詐欺まがいの一手。もちろん現実にはありえないことを読者も知っているフィクションである。しかし、この最後のエピソードを読んで、読者は吹き出したことだろう。

いかんともしがたい経済状況に追い込まれた四人の男たちの告白のあとに、「これは大晦日の入れ替わり男と言うて、近年の新工夫どす。まだ、世間にはよう知られておらんので、この手で、借金取りどもを一杯くわせております」と、得意げな男の話を載せる。

窮迫した男たちの話を読んで共感した読者は、最後で、ずっこける。ちょうど、咄のオチ・サゲのようにこのエピソードが機能したのだ。

悲惨なことをそのまま書いても面白くない。最後に笑わせることで、行き場のない鬱屈した状況さえもが笑いの対象になる。

**「会話叙述体」**

西鶴ほど、金銭に執着し翻弄された人間を的確に描いた小説家はいない。

『世間胸算用』巻二の四「門柱《かどばしら》も皆《みな》かりの世」（原題）では、執拗な借金取りを撃退するために、手の込んだ狂言自殺を仕組んだ男が登場する。会話を多用した文体を標準語に直訳するのでは原文のニュアンスが損なわれるので、会話の部分は関西弁風に「快訳」してみた。舞台は京都なのだが、私には京都弁の微妙なニュアンスが写せない。京都の方には顰蹙《ひんしゅく》を買いそうだが、関西弁風ということでご容赦願いたい。

そもそも、西鶴小説の会話は、明治期の落語速記本のように口語をそのまま文字にした文体ではない。「書く・読む」ことを前提にした叙述である。したがって、あくまで口語的要素の濃厚な叙述にすぎないのだが、西鶴登場前の小説の会話文体と比べると、はるかにリアルに口語を取り込んでいる。その点も『世間胸算用』の特徴である。

口語そのものではなく、口語を取り込んで書かれた叙述を「会話叙述体」と呼ぶことにする。近代の言文一致体に影響したとされる落語速記本は、「会話叙述体」ではなく、口語（会話）そのものである。

口語をそのまま記述した例には、近代以前にも、芝居の台帳（台本）様式——会話と二行割書のト書き様式——で執筆された洒落本・滑稽本等の戯作がある。たとえば、本書より百年以上あとに刊行され、国語学の資料としてもよく引用される式亭三馬

『浮世風呂』（文化六〜十〈一八〇九〜一三〉）では、現代では発音されなくなった鼻濁音の「が」が濁点ではなく、「か」に。が振られて区別された。このぐらいにリアルに、当時の口語が写されている。

一方で、「会話叙述体」は談義本や人情本など、ほとんどの戯作で用いられた。その意味では、西鶴の文体は戯作文体の祖であると言える。

## 女々《めめ》しい借金取り

さて、「門柱も皆かりの世」の冒頭場面。ブツブツつぶやきながら包丁を研いでいた男が、「腹膨れた金持ちどもが、因果なことに若死にしとる。わいの借金、さらりと済ませてくれはったら、伏見稲荷大明神に誓《ちこ》うて、腹かっさばいて身代わりになったるわい」と言いざま、鶏の首を切ったのだから、男を取り巻いていた借金取りの狼狽が目に浮かぶようだ。

「こら、あかん」と匙を投げた借金取りも、「あんな気の短い男と連れ添うて、縁とはいえ、お内儀はんがほんまに可哀想や」と、これ見よがしに皮肉を言って撤退する。このあたりは、さすが京都の商人。しかし結局はこの男に騙されたわけだ。

ところが、一人だけ狂言を見抜いた借金取りがいた。この商人は「借金取りのなかに、堀川の材木屋の若い者がいた。まだ十八、九の角前髪《すみまえがみ》で、見かけは弱々として女のようだが、気の強いところのある若者である」と描写される。当時、商家の丁稚は、十五歳ごろに額の前髪を角に剃った髪型（角前髪）になったのだが、この丁稚の年齢は十八、九とあるので、今で言うなら、三十歳になっても学ランを着ているような風変わりなオッサンである。その上、弱々しげな風采。

しかし、外見とは裏腹の肝っ玉のすわった若者で、男と言い争ったあげく、支払いの済んでいない門口の柱を大槌で打ちはずすという挙に出て、恐れ入った男から貸し銀を回収してしまった。借金取りのイメージ（類型）を外した西鶴独特の人物造型。仮に、この借金取りが強面《こわもて》の暴漢なら、話の面白さが半減しただろう。

そして丁稚は、男に最新の借金取り撃退法を伝授する。さて、どういう撃退法か、詳細は本文を読んでいただきたいのだが、要するに、喧嘩を装った夫婦が自害を匂わせて借金取りを撃退するという手だった。

## 入れ子型の「会話叙述体」

角前髪の丁稚の伝授した方法も、内容的には亭主の試みた狂言自殺とそれほど変わらないようだ。ここで指摘しておきたい点がある。丁稚の話のなかで、亭主と女房それぞれに、こう言えと指示されるのだが、それが、リアルな会話のようになっていること。現代語訳では、会話のなかの入れ子型の会話なので、「　」のなかに『　』をいれて区別した。

会話を「　」で括る現代文では、西鶴のような「会話叙述体」は直訳できない。「　」のなかは会話体にならざるをえないので、私の訳も関西弁風な口語で叙述している。

現代の文章では、句読点や、このような記号を用いることは当然で、それらがないと文意が分かりにくくなる。当時、句読点にあたるのは、白丸や黒丸で、西鶴の小説には、これらが振られているほうが多い。ところが、『世間胸算用』では、句読点も記号も段落もない。なぜだろうか？

まず、思いつくのはコストの削減。板元が、板木の彫り代を節約したのだろう。そうだとしても、文意が滞りなく読者に伝わる。そういう分かりやすさは、西鶴が会話文を地の文章と同じ意識で書いていたからだと思う。よく指摘されるが、西鶴の叙述には、地の文とも会話文ともとれる文章が、地の文と会話文との間に挟まれることが多い。これは読者に文章をなめらかに読ませる工夫だと思う。会話文体と地の文体とが、渾然《こんぜん》一体となって叙述されたのが「会話叙述体」である。

## 臨場感の演出

西鶴小説の時間設定は、言うまでもなく現実の時間をたどったものではない。しかし、読者に臨場感をもたらす工夫がされていた。

例えば『好色一代男』。奥付には「天和二壬戌年陽月中旬」と記されるので、天和二年十月中旬に刊行されたことが分かる。前述のように、世之介は女護の島に船出して『好色一代男』は終わるのだが、その末尾には「天和二年神無月の末に行方しれず成にけり」と書かれる。「神無月」は十月、つまり、『好色一代男』を十月中旬に手にした読者は、同じ月の末に世之介一行は船出するという趣向を楽しむことになる。

このような仕掛けは『世間胸算用』でも用いられている。

巻一の二「長刀はむかしの鞘」（原題）の冒頭文は次のように書かれる。

辛未 元禄四 張 病

泰 正十九 七五三 乾下 坤上

否 四六八 十十三 坤下 乾上

納音 土姓 路傍

正大 庚寅月 室
朔日丁亥張
八日立春子正二
廿三中卯初三

二大 辛 壁
朔日丁巳軫
八日二節午初初
廿三中申正一

三小 壬 奎
朔日丁亥亢
八日三節亥初二
廿一土用丑初三
廿四中丑正三

四大 癸 婁
朔日丙辰氐
十日四立夏辰初四
廿五中未初八

五小 甲 胃
朔日丙戌心
十一日五節酉正一
廿五中子初三

六小 乙 昴
朔日乙卯尾
十二日六節寅正三
廿四土用巳初八
廿七中巳正初

七大 丙 畢
朔日甲申箕八
十三日立秋申初一
廿八中戌正三

八小 丁 觜
朔日甲寅斗
十四日八節丑初三
廿九中辰初初

閏小
朔日癸未女
十五日九節午正一
廿七土用申正三

九大 戊 参
朔日壬子虚
同日中酉初二
十六日立冬亥正三

十大 己 井
朔日壬午室
二日中寅正初
十七日十一節巳初二

十一小 庚 鬼
朔日壬子奎
二日中未正三
十七日十二節戌初三

十二大 辛 柳
朔日辛巳婁
同日土用子正初
四日中丑初八
十九日立春卯正一

十二月十六日月食七分亥子丑時

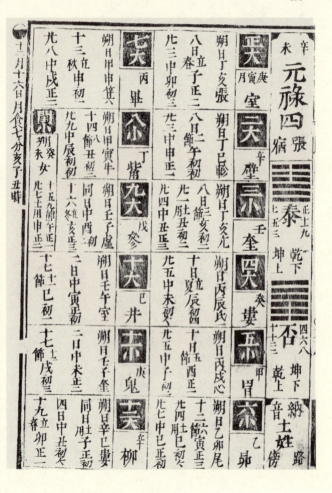

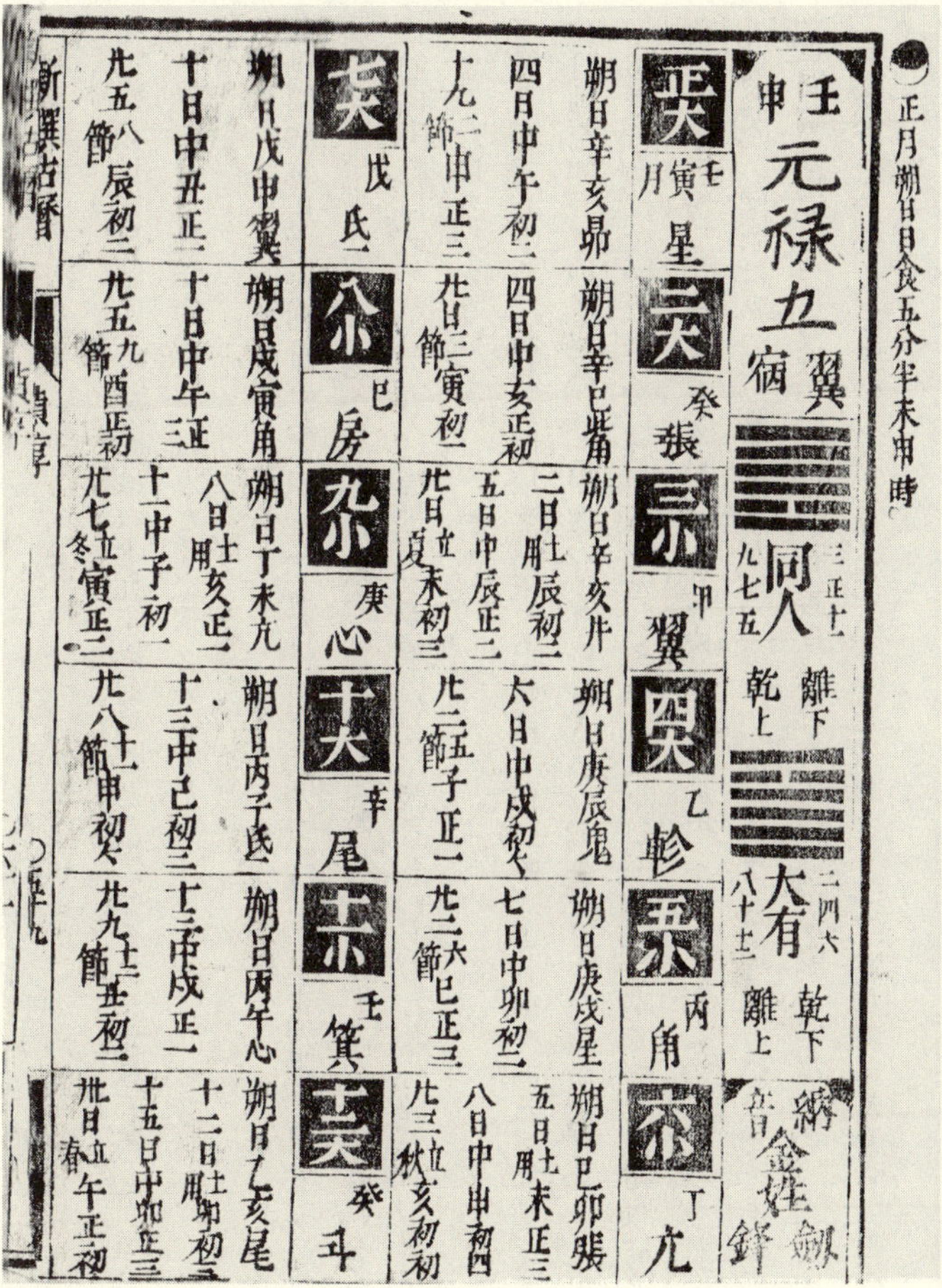
正月朔日日食五分半未申時
壬申 元禄五 翼宿
同人 離下 乾上
大有 乾下 離上
納音 金
正月大 壬寅 星
二月大 癸 張
三月小 甲 翼
四月大 乙 軫
五月小 丙 角
六月小 丁 亢
朔日辛亥昴
四日中午初二
十九二節中正三
朔日辛巳角
四日中亥正初
廿日三節寅初一
朔日辛亥井
二日土用辰初二
五日中辰正二
廿日立夏未初三
朔日庚辰鬼
六日中戌初六
廿二五節子正一
朔日庚戌星
七日中卯初二
廿二六節巳正三
朔日己卯張
五日土用未正三
八日中申初四
廿三立秋亥初初
七月大 戊 氐
八月小 己 房
九月小 庚 心
十月大 辛 尾
十一月小 壬 箕
十二月大 癸 斗
朔日戊申翼
十日中丑正一
廿五八節辰初二
朔日戊寅角
十日中午正三
廿五九節酉正初
朔日丁未亢
八日土用亥正一
十一中子初一
廿七立冬寅正二
朔日丙子氐
十三中巳初三
廿八十一節申初六
朔日丙午心
十三中戌正一
廿九十二節丑初二
朔日乙亥尾
十二日土用卯初三
十五日中卯正三
廿日立春午正初
新撰古暦
貞享

元日に日蝕のあったのは六十九年以前のことだ。今また、元禄五年壬申《みずのえさる》の元日にも日蝕があった。ほんとうに珍しいことだ。

『世間胸算用』が刊行されたのは、奥付によれば「元禄五壬申年初陽吉日」である。

「初陽」は正月のことだから、この本が刊行された時点で日蝕があったことになる。日蝕は実際にあったのだが、後日、本を手にした読者も「あのとき日蝕があったな」と思ったにちがいない。

言うまでもなく、西鶴が原稿を執筆したのは、刊行時点より前である。なぜ、元日の日蝕を知っていて、それを際物のように書き込むことができたのか。

参考にあげた図版は『古暦便覧』という当時流布していた版本である。初版は延宝元（一六七三）年刊。この本は暦が貞享暦という新暦にかわったために刊行され、よく売れた。図版は私の所蔵する本だが、奥付には「貞享四丁卯春二月穀旦」とあるので、『世間胸算用』刊行の五年前の「二月穀旦（吉日）」に板木が彫られた。

図版では分かりづらいかもしれないが、「元禄四」と印字されているから、この本は、元禄四（一六九一）年に摺られた後摺り本だと分かる。あとは改元される可能性があるので、年号を示す欄が空白になっており、所蔵者が自分で書き込む必要があった。したがって、「元禄五」以降は墨で書き込まれている。

その元禄五年の欄の枠外には、「正月朔日日食五分半未申時」と印刷され、元日に日蝕があることが予測されている。『古暦便覧』によって、元禄五年元日の日蝕を体験しなくても、西鶴は原稿執筆時に、日蝕を書き込むことができたのだ。

**大晦は一日千金**

『世間胸算用』の副題は「大晦日は一日千金」である。「大晦日は一日で大金が動く値千金の重要な日だ」という意味だが、全短編を大晦日一日の出来事にするという西鶴の意図がよく表現された副題である。

大晦日は、商人すべてが体験する収支決算日であり、一年間の商業活動が集約される日でもあった。全短編の時間設定を大晦日に統一するという仕掛けは、前例のない西鶴の独創的趣向である。

この趣向は重要な意味をもった。なぜなら、貧乏人がどうして落ちぶれたか、また年が明けてからどう生活するのか、ということを書く必要がないからである。つまり大晦日一日の時間だけが切り取られていて、その前後が書かれていない。したがって、読者はその部分を想像力で補わなければならない。

また、大晦日は商人すべてに関わる「一日千金」の重要な日なので、読者は作品に描かれた状況に共感しやすいという面もあった。

西鶴の小説は、西鶴が描かない部分を読者が想像して、あたかも自分の小説を再創造するような側面がある。小説のコンテクストがぶつかりあって、読者自身の多様な読解を生んでいるのだ。その点でも、大晦日の設定は、最も重要な仕掛けだった。

私の説明に抽象的なきらいがあるかもしれないので、『世間胸算用』巻三の三「小判は寝姿《ねすがた》の夢《ゆめ》」（原題）を例に、具体的に解説しよう。

## 無間の鐘

「小判は寝姿《ねすがた》の夢《ゆめ》」には、「無間の鐘」を撞いてでも金が欲しいと願っている男が登場する。この男の家庭は、年が越せなければ一家が飢死するというせっぱ詰まった状況。ここから、この話は始まっている。本文の注には、詳しく書けなかったので、この鐘について説明しよう。

当時、静岡県掛川市「佐夜の中山」の北、無間山（粟ケ岳）にあった曹洞宗観音寺の鐘が「無間の鐘」で、この鐘を撞けば来世は無間地獄に堕ちるけれども、現世は富貴になれるという、えげつない鐘である。

徳川家康が旗印にした「厭離穢土欣求浄土《えんりえどごんぐじょうど》」という言葉がある。煩悩で汚れた現世をきらい、極楽浄土を求めるという意味である。『往生要集』に説かれ、中世の日本人の人生観を象徴した言葉だった。戦乱が絶えると、これは建前になる。極楽往生するよりも、今、金が欲しいと思うのは、現代も当時も同じである。というわけで、あまりに「無間の鐘」を撞く人が多かったので、住職が古井戸に埋めたと伝えられる。『日本鹿子』という当時の地誌には「その鐘が埋まっている跡だというので、榊《さかき》の枝を切って逆さに打ち込めば、無間の鐘を撞いたのと同じ効果があるという噂がたち、誰の仕業か知らないが、いつ訪れても榊が打ち込まれていた」と、書かれている。

西鶴は、放漫経営で家業を潰し、手代からも見捨てられて無一文となった忠助という駿河の呉服屋が、長屋仲間から集めた金で佐夜の中山までやってきて「無間の鐘」を撞く様子を、『日本永代蔵』で次のように描いた。

一心不乱に「私一代、どうか今一度長者にしてください。子供の代には乞食になってもかまいませんから、今の貧乏をどうかお助けください」と祈っては、その一念が地獄の底まで通じるほどの勢いで鐘を撞いた。(『日本永代蔵』巻三の五「紙子身袋《かみこしんだい》の破《やぶ》れ時」)

遺産を浪費した自分のことは棚にあげて、子どもが乞食になってもかまわない、と祈る忠助は、ずいぶん手前勝手な男である。その性分を、西鶴は痛烈に批判した。批判の仕方が、いかにも大坂人、西鶴らしい。

愚かな忠助は、無駄な旅銭をつかって、ここにやって来た。まずさし当たって、その分が損になったわけだ。駿河に帰って、このことを話すと、聞く人はみな「そんな根性だから貧乏するのだ」と、忠助を指さしてあざ笑った。

「足代、無駄にしはって、ほんまにあほや」

というわけである。私が大阪近郊の女子大の講師をしていたとき、大先輩の教授から授業のコツを教わった。

「授業聞かへん学生おっても、怒鳴ったらあきまへん」

「叱るときはどうするのですか？」

「授業料を板書して、それを授業時数で割る。この時間サボると、××円の損でっせと、叱るのや」

関東者の私には、目から鱗だった。大阪人は説教を嫌う。説教したいのなら、相手を「笑かす」余裕と、「損やで」という実利を示す必要がある。閑話休題。

**出来すぎ女房とダメ亭主**

「小判は寝姿の夢」の詳細は、本文を読んでもらうことにして、読解のポイントだけ述べたい。

この話の主人公は、「さる貧者」とされるだけで、名前が記されていない。成り上がるにしろ落ちぶれるにしろ、主人公の名が明記される『日本永代蔵』と違い、『世間胸算用』では、主人公の名前がどの章にも書かれていない。そして、貧乏人は貧乏なまま。『日本永代蔵』の主人公のように、才覚を活かして出世することもない。

暉峻康隆は、その理由を、西鶴は「下層町人大衆の絶望的な生活」を「特定の個人の運命」としてではなく「大衆の運命」として描こうとしたからだ、と述べた。たしかに、『世間胸算用』の登場人物は、路地で立ち話をしているような普通の小商人である。

さて、主人公「さる貧者」は、どうしてここまで貧乏になったのか、この短編小説では理由が書かれていない。したがって大晦日より前の夫婦生活については想像するほかない。

そして「女房」「内儀」といった普通名詞で記されているこの男の妻は、働こうともしないグウタラ亭主に似つかわしくない賢妻だった。一家が飢死するよりはと、乳飲み子を残して乳母奉公に出ようとする。男は前金を受け取り、妻は、乳飲み子を夫に託して家を出る。残された夫は途方にくれる。長屋仲間が子の面倒を見てくれるのだが、程なく大晦日の暮れ方になると、この男に無常心が起こる。居ても立ってもいられず、女房を取り返し涙ながらに一家で年を越した。粗筋はこんなところである。

**夫婦の運命はいかに？**

貧困にあえぐ夫婦の愛をテーマにした、悲しいけれどちょっと良い話。こんな感想をこの小説に持った方も多いだろう。

ところで、このあと一家はどうなったのか。このままでは家族三人が飢死するという状況は、女房を連れ戻したあとでも、少しも変わっていない。

まず悲観的見解。①愛情だけでは生きられないから一家心中するほかない。逆に楽観的見解。②反省した亭主が働くようになって、一家は幸せになる。さらに、①でも②でもない現実的見解。③亭主に愛想をつかした女房が離縁をせまる。

私が同じ質問を学生にした経験では、②か③の結末を想像する学生が多い。③の離縁説に共感するのは女子学生が多いが、この出来過ぎ女房は、亭主への愛情が強すぎて結局男をダメにしているし、自分自身が夫から乳離れができていない、というのがその理由である。

当時は、夫が離縁状（三行半《みくだりはん》）を出さないと、正式な離婚とは認められず、妻は

5　暉峻康隆『西鶴／評論と研究』昭和25年　中央公論社。

再婚できなかった。しかし、妻のほうから三行半を要求したとすると、それだけでも、この男にはショックだろう。

前述のように『世間胸算用』は各短編が大晦日一日に設定されているため、読者のイマジネーションが作品を再創作するようなところがある。西鶴の書いていない作品の結末を想像することで、作品テーマの理解が違ってくるのだ。「夫婦愛」だと読み取るのが一般的だが、「男から自立しつつある女性」を読み取った現代の読者がいても不思議ではない。

**長屋共同体**

ところで、私はもう一つの結末が想像できると思う。それは、④長屋連中の厚意にすがって、この一家はなんとか飢死せずにすむ、という結末である。

夫と子に別れを告げた出立間際の女房が「何やら両隣《りようどなり》へ頼みて又泣《なき》ける」(原文)と本文には書かれているが、長屋連中に何をささやいたのか、肝心なことが書かれていない。乳飲み子の世話を頼んだとも考えられるし、あるいは、その後の亭主の行動を見ると、亭主を嫉妬させてくれと言ったのかもしれない。

そもそも長屋の連中は女房の奉公先を知らなかったはずだ。それなのに、こう言って亭主を刺激する。

「あんたさんはかわいそうやけど、女房どのは幸せもんや。奉公先の旦那はん、そりゃ、べっぴんはんが好きやそうな。このまえ亡くならはった奥様とあんたの女房、似たところがおまっせ。ほんに、後ろ姿のいろっぽいところがそっくりや」

何か、変でしょう？

死んだ奥様と女房の「後ろ姿のいろっぽいところがそっくりや」と言うに及んでは笑ってしまう。後ろ姿が似ているということは、顔立ちは似ていないということではないか。つまり長屋の連中は、この夫婦が今まで通り一緒に住むよう、亭主のジェラシーをあおっているのである。

「貧乏しとっても、そんな薄情なこと、ようやらんわ」

そういう覚悟があって、女房を取り戻すよう亭主をそそのかしたのかもしれない。貧乏長屋の住人と夫婦との関係をこのように解釈すると、④のような結末となる。

西鶴の時代には、生活空間を共有する人どうしのコミュニケーションが、プライバシーにまで及んでいた。現代社会の常識では、まさに「おせっかい」な隣人たちである。しかし、その「おせっかい」がなければ、乳飲み子は命を失っていただろうし、ダメ亭主が女房を取り返すこともなかっただろう。

**空白のコンテクスト**

『世間胸算用』にかぎらず、西鶴の小説は、複数のコンテクストが重なっている場合が多い。だから読者は想像力を働かせてコンテクストを選択しつつ作品を再構成する。冒頭に述べたように、西鶴を理想的リアリストとして読み込むこともできる。それは誤読だと、別な読者が主張したとする。しかし、その読者の読み方も、別な読者からすると誤読になる。このように、読解が相対的にならざるをえないようなテキスト構造をもっているのが西鶴小説の特徴である。

「小判は寝姿《ねすがた》の夢《ゆめ》」を例にして多様な読解が可能なことを示したが、書かれていることより、書かれていないことのほうが読者の想像力をかき立てる場合が多い。これを「空白のコンテクスト」と呼ぶことにする。

「空白のコンテクスト」は、読者の想像力によって意味づけされる。「小判は寝姿《ねすがた》の夢《ゆめ》」のテーマを、夫婦愛とするか、自立しつつある女性の物語と読むか、あるいは共同体の絆が描かれているとするかは、西鶴の描かなかった「空白のコンテクスト」をどう読むのかによって決まってくる。

『世間胸算用』で、西鶴は大晦日一日の出来事に時間を限定し、その前後を描かなかったことが、「空白のコンテクスト」を効果的に機能させたのである。

**晩年の西鶴**

西鶴は元禄六年八月十日に、五十二歳で歿する。元禄五年に刊行された『世間胸算用』は、最晩年の作品となる。巻末の年表を見てもらえば分かるが、元禄三、四年には西鶴の小説は刊行されていない。この二年間を、どう考えるべきか。

一つには、西鶴が目を患っていたからと考えられている。私は、この間に西鶴の小説の方法、笑いの質が変わったと考える。簡単に言えば「大笑い」という言葉に象徴されるような笑いが「悲しくもまたおかし」という境地、人の生き方に悲しさと笑いとを感じる境地に変化したように思うのだ。

西鶴の門人、北条団水が編集した西鶴の遺作『西鶴置土産』に西鶴の辞世が載る。

辞世　人間五十年の究《きわま》り、それさへ我にはあまりたるに、ましてや
浮世の月見過しにけり末二年
元禄六年八月十日　五十二才

五十二歳まで生きた自分は、二年余計に、この世の月を見すぎてしまったなあ。

こんな意味だが、西鶴は、自分の人生を「悲しくもまたおかし」と感じたのかもしれない。

# 付録　十七世紀の貨幣制度

西鶴の経済小説（町人物）を読むには、当時の経済状況を理解する必要があります。江戸幕府の治世が安定した理由の一つに、経済流通機構が整い、かつ江戸という巨大な消費都市によって、流通にかかわった町人に富をもたらしたことがあげられます。東廻り・西廻り航路や五街道のような流通インフラが整備されたことも要因ですが、なによりも全国共通の貨幣制度が成立したことが重要でした。ここでは、慶長から元禄にかけての貨幣制度について説明します。

江戸時代には、金貨・銀貨・銅貨の三貨が用いられました。大雑把にいうと、金貨は江戸、銀貨は上方で流通することが多かったのですが、西鶴の活躍した時期は、江戸と大坂に市がたち、現代の円・ドル相場のように、三貨の両替相場が変動しました。金貨は、現代の硬貨と同じように量目を一定にして価格が貨面に表示される定位貨幣ですが、銀貨は、取引のたびに重量を銀天秤ではかって通用する秤量《しょうりょう》貨幣でした。

時代が下って、明和以降（十八世紀後半）になると、銀貨も南鐐《なんりょう》二朱銀・一朱銀のような定位貨幣が鋳造されますが、西鶴の頃にはありませんでした。

先ず金貨について説明します。西鶴の時代には、大判・小判・一分《ぶ》（歩）判金の三種類があります。単位は四進法をとり、小判一枚が一両、その四分の一が一分、その四分の一を一朱ととなえました。

大判は主として武家の献上品などに使用されたもので、慶長六（一六〇一）年から大判座、後藤四郎兵衛が鋳造し縦十五・五センチ、横九・六センチ、重さ約百六十五グラムの楕円形の金貨です。表面に「拾両」と後藤の花押が墨で書かれました。ただ、この十両は、小判十枚という意味ではなく、天正期の京で四・四匁を一両とする重量単位によって称されたようです。実際の通用価格は、享保十（一七二五）年の幕令で七両二分と規定されるまでは大判相場がたって、元禄期には八両前後で両替されました。

小判は、金座、後藤庄三郎の鋳造した、縦七・一センチ、横三・八センチ、重さは約十八グラム、金が約八十五パーセント、銀が約十五パーセントの純度の高い金貨でした。こちらは、時代劇でおなじみでしょう。元禄八（一六九五）年に荻原重秀が貨幣改鋳を行って、金の含有率を約五十六パーセントに落とすまで、慶長小判と同じ純度の高い元禄小判が鋳造されていました。

もう一種類の金貨があります。縦一・五センチ、横一センチの長方形の金貨です。この金貨の含有率は小判と同じで、重さは約四・四グラム。一分判金といいます。この金貨四枚で一両になり、日常生活ではもっともよく使われました。

次に銀貨について説明します。元禄期には二種の銀貨がありました。丁銀と豆板銀です。銀貨は、先述したように重さを量って流通しました。単位は重さの単位で、十進法をとります。一貫（千匁）、一匁（十分《ふん》）、一分（十厘）、一厘（十毛）で、匁は十の位の下に端数がない場合は目《め》と表記する場合がありました。例えば、四十三目とは言いませんが、四十目は四十匁と同じです。また「分」は金貨の場合は「ぶ」と読みますが、銀貨は「ふん」と読みます。

丁銀は海鼠《なまこ》形の銀貨で、重さは四十三匁前後です。「定是」「宝」と大黒像が刻印されました。豆板銀は、小玉銀・細銀《こまがね》・粒などとも呼ばれましたが、指頭大の粒状の銀貨です。重さは四匁から三分前後まで様々でした。元禄八年に改鋳が実施されるまで、銀八十パーセント、銅二十パーセントの純度の高い銀貨でした。

なお、贈答などでは「銀一枚（銀十両）」という単位が用いられました。銀一枚は四十三匁、銀一両は四匁三分です。これは、両替商が、重量を量って封印し、その名を表記したものですので、重さを量る必要はありませんでした。

なお、千両箱は時代劇でおなじみですが、上方では「銀十貫目入箱」が多く用いられました。この場合には銀一包（銀五百目）を二十包、箱に入れます。

銅貨は、寛永十三（一六三六）年に「寛永通宝」が大量に鋳造されてから、それ以前の雑多な銭が、この銭に統一されました。円形の中央に正方形の穴があけられ、その周りに寛永通宝の文字が刻まれました。単位は「文《もん》」で、十文を一疋、千文を一貫とととなえました。また銭の穴に麻縄や藁しべで作った銭緡《ぜにさし》を通す場合があります。百文通したものと千文通したものがありますが、後者は貫緡《かんざし》と言います。通常は、銭を九十六枚通して百文として通用しました。これを省銭（百枚の場合は調銭）とか九六《くろく》銭とよびます。

さて、三貨の両替相場は、前述のように、西鶴の生きた時代には、江戸と大坂で市がたち変動しましたが、幕府は元禄十三（一七〇〇）年に、金一両につき銀六十匁、銭四貫文（四千文）と定めました。しかし実際には、両替相場は毎日変動しました。

# 井原西鶴関連年譜

※西鶴自身の出来事を「＊」で表す

一六三五年（寛永一二）
五月、外国船の入港を長崎・平戸にかぎり、日本人の海外渡航と帰国を禁じる。

一六三六年（寛永一三）
六月、寛永通宝の鋳造を開始し、金銀銭三貨の貨幣制度が確立する。

一六三七年（寛永一四）
一〇月、天草・島原のキリシタン一揆起こる。

一六三八年（寛永一五）
二月、天草・島原のキリシタン一揆が鎮圧される。

一六三九年（寛永一六）
七月、ポルトガル船の来航を禁ずる（鎖国体制が完成）。

一六四二年（寛永一九）　一歳
＊井原西鶴生まれる。本名平山藤五《ひらやまとうご》（見聞談叢《けんもんだんそう》）。

一六四四年（寛永二一・正保元）　三歳
松尾芭蕉生まれる。

一六四五年（正保二）　四歳
七月、江戸市中のかぶき者を取り締まる。

一六四九年（慶安二）　八歳
二月、農民の心得を定めた慶安御触書《けいあんのおふれがき》を公布。
一六五一年（慶安四）　一〇歳
四月、徳川家光歿す。
七月、由比正雪《ゆいしょうせつ》、駿府《すんぷ》で自殺。
八月、徳川家綱、将軍宣下を受ける。
一六五二年（慶安五・承応元）　一一歳
若衆歌舞伎興行を禁止。
一六五三年（承応二）　一二歳
三月、野郎歌舞伎興行を許可。
一六五七年（明暦三）　一六歳
一月、江戸大火（振袖火事）、江戸城本丸、二の丸が焼失する。
一六六二年（寛文二）　二一歳
この年、伊藤仁斎《いとうじんさい》が京都に古義堂《こぎどう》を開く。
一六六三年（寛文三）　二二歳
五月、武家諸法度《ぶけしょはっと》を改定、実質的に殉死が禁じられる。
この年、三都に定飛脚《じょうびきゃく》問屋が置かれる。
一六七一年（寛文一一）　三〇歳
河村瑞軒《ずいけん》、東廻り航路を開く。
一六七三年（寛文一三・延宝元）　三二歳
一月、江戸市中に出版取締令が下される。
＊二月、西鶴、大坂生玉社南坊にて万句興行を主催。六月、『生玉万句《いくたままんく》』を刊行。
五月、京都大火、禁裏等が炎上する。
＊一〇月、『歌仙　大坂俳諧師』を刊

行、発句と肖像が載る。
＊冬、鶴永を西鶴に改号する。
一六七五年（延宝三）　三四歳
＊四月三日、西鶴の妻が病歿する。享年二五。四月八日、追善の『誹諧独吟一日千句』を作り、上梓する。
＊四月、西山宗因《そういん》『大坂独吟集』に宗因批点西鶴独吟「郭公百韻《ほととぎすにっしゅう》」入集する。
この年、江戸田代松意《たしろしょうい》撰『談林十百韻《だんりんとっぴやくいん》』刊行。
一六七七年（延宝五）　三六歳
＊五月、西鶴、大坂生玉本覚寺《ほんかくじ》にて、一夜一日千六百独吟を興行、『西鶴俳諧大句数《おおくかず》』と題して上梓。
九月、月松軒紀子《げっしょうけんきし》が奈良極楽院《ごくらくいん》にて一夜一日千八百韻を作り、翌年五月、『俳諧大矢数《やかず》千八百韻』を刊行、菅野谷高政《すがのやたかまさ》が序文で西鶴を揶揄《やゆ》する。

一六七九年（延宝七）　三八歳
＊三月、大淀三千風《おおよどみちかぜ》が三千句独吟の矢数俳諧を成就し、八月、『仙台大矢数』を刊行。西鶴は奥書で紀子と高政を非難する。
一六八〇年（延宝八）　三九歳
八月、家綱の遺言で、徳川綱吉が将軍となる。
＊五月、西鶴、大坂生玉社別当南坊にて一夜一日四千句独吟を興行、翌年四月、『西鶴大矢数』と題して刊行する。
一六八一年（延宝九・天和元）
一二月、堀田正俊が大老、牧野成貞《なりさだ》が

側用人《そばようにん》となる。
この年、全国で飢饉。

一六八二年（天和二）　四一歳
＊一月、西鶴、自画自筆の大坂俳諧師九八人の画像と発句を収めた『俳諧百人一句難波色紙《なにわしきし》』を刊行する。
三月、西山宗因歿す。
五月、諸国に忠孝奨励の高札が立てられる。
＊一〇月、西鶴『好色一代男』を刊行する。
一二月、江戸大火。

一六八三年（天和三）　四二歳
＊一月、西鶴、役者評判記『難波の顔は伊勢《いせ》の白粉《おしろい》』を刊行する。
二月、幕府、奢侈《しゃし》品の輸入を禁じ、華美な衣裳を禁ずる。

一六八四年（天和四・貞享元）　四三歳
二月、河村瑞軒、淀川下流の治水工事に着手。
三月、菱川師宣《ひしかわもろのぶ》画『好色一代男』江戸版刊行。
三月、宣明《せんみょう》暦を大統《だいとう》暦に改め、さらに一〇月には貞享暦に改める。
＊四月、西鶴、『諸艶大鑑《しょえんおおかがみ》』刊行する。
＊六月、西鶴、摂津住吉社で一夜一日二万三千五百句独吟を成就する。
八月、若年寄稲葉正休《まさやす》、大老堀田正俊を刺殺する。
一一月、出版取締令が下される。

一六八五年（貞享二）　四四歳
＊一月、西鶴、宇治加賀掾《うじかがのじょう》のための

正本《しょうほん》『暦』を刊行する。
＊一月、西鶴『西鶴諸国ばなし』を刊行する。
＊二月、西鶴『椀久一世の物語《わんきゅういっせいのものがたり》』を刊行する。
二月、近松門左衛門「出世景清」初演。
八月、翌年からの長崎貿易の額が制限される。以降、輸入品が高騰し、抜け荷が頻発する。

一六八六年（貞享三）　四五歳
＊一月、西鶴、西鷺軒橋泉《さいろけんきょうせん》『近代艶隠者《きんだいやさいんじゃ》』に序を寄せ、西鶴画、版下筆にて刊行。
＊二月、西鶴『好色五人女』を刊行する。
四月、幕府、全国鉄砲改め令を出す。
＊六月、西鶴『好色一代女』を刊行する。
九月、幕府、かぶき者（大小神祇組《だいしょうじんぎぐみ》）を追捕する。
＊一一月、西鶴『本朝二十不孝』を刊行する。

一六八七年（貞享四）　四六歳
＊一月、西鶴『男色大鑑《なんしょくおおかがみ》』を刊行する。
一月、幕府「生類憐みの令《しょうるいあわれみのれい》」を出す。
＊三月、西鶴『懐硯《ふところすずり》』を刊行する。
＊四月、西鶴『武道伝来記』を刊行する。

一六八八年（貞享五・元禄元）　四七歳
＊一月、『日本永代蔵《にっぽんえいたいぐら》』を刊行する。
＊二月、『武家義理物語』を刊行する。

＊三月、嵐《あらし》三郎《さぶろ》四郎《しろう》の最期物語『嵐は無常物語』を刊行する。
＊六月、『色里《いろざと》三所《みところ》世帯《せたい》』を刊行する。
＊一一月、『新可笑記《しんかしょうき》』を刊行する。
一一月、柳沢保明《やなぎさわやすあきら》が側用人となる。
＊この年、西鶴『好色盛衰記《せいすいき》』を刊行する。
この年、大坂堂島新地《どうじましんち》が開拓される。

一六八九年（元禄二）　四八歳
＊一月、西鶴、地誌『一目玉鉾《ひとめたまぼこ》』、『本朝《ほんちょう》桜陰比事《おういんひじ》』を刊行する。
＊三月、磯貝捨若《いそがいすてわか》『新吉原つねづね草』に、西鶴が頭注を加えて刊行する。
三月、松尾芭蕉、「奥の細道」の旅に出る。

一六九〇年（元禄三）　四九歳
六月、「西くハく」と署名した偽作『真実伊勢《いせ》物語』が刊行される。
八月、ドイツ人ケンペル、オランダ商館医師として来日する。
＊九月、加賀田可休《かがたかきゅう》が『俳諧物見車《ものみぐるま》』で、点取俳諧の評点を公表し、西鶴を非難する。
一〇月、幕府、捨て子禁止令を出す。

一六九一年（元禄四）　五〇歳
＊一月、北条団水《ほうじょうだんすい》撰『俳諧団袋《だんぶくろ》』に、西鶴と団水との両吟半歌仙が載る。
＊八月、西鶴『俳諧石車《いしぐるま》』を刊行し、『俳諧物見車』に反駁《はんばく》する。

一六九二年（元禄五）　五一歳
＊一月、西鶴『世間胸算用《せけんむねさんよう》』を刊行する。

三月、盲目の一女歿するか。

一六九三年（元禄六）　五二歳

＊一月、西鶴作とされる『浮世栄花《うきよえいが》一代男』が刊行されるが、西鶴の作品ではない可能性が高い。

＊八月一〇日、西鶴歿す。享年五二。

＊冬、北条団水が西鶴遺稿を整理し『西鶴置土産《おきみやげ》』を刊行する。巻頭に、辞世・西鶴肖像・追善発句を載せる。

一六九四年（元禄七）

春、北条団水、京から西鶴庵に移る。

＊三月、西鶴遺稿『西鶴織留《おりどめ》』が刊行される。

一〇月、松尾芭蕉歿す。享年五一。

一一月、側用人柳沢吉保、老中格となる。

一六九五年（元禄八）

一月、西鶴遺稿『西鶴俗つれづれ』が刊行される。

八月、金銀貨が改鋳される。

一一月、武蔵国中野に犬小屋が作られ、野犬を収容する。

この年、奥羽・北陸飢饉。

一六九六年（元禄九）

＊一月、西鶴遺稿『万《よろず》の文反古《ふみほうぐ》』が刊行される。

四月、荻原重秀《おぎわらしげひで》、勘定奉行となる。

八月、荻生徂徠《おぎゅうそらい》、柳沢吉保に召し抱えられる。

一六九八年（元禄一一）

九月、江戸大火。寛永寺本坊など焼失。

一六九九年（元禄一二）

＊四月、西鶴遺作『西鶴名残《なごり》の友』が刊行される。

一七〇〇年（元禄一三）

この年、団水、西鶴庵を出て、帰京する。

# 訳者あとがき

『世間胸算用』は西鶴の代表作である。もっとも、そう評価の定まったのは、江戸時代ではなく、大正から昭和にかけて、自然主義文学全盛のころだった。私もやはり、この作品は傑作だと思う。

しかし、貧困層の悲惨な生活を、対象に距離を置いて描いたとか、対象を客観的に描いた西鶴の強い作家精神、というような、この時期の評価に、西鶴を読み始めたころから疑問を持っていた。自然主義作家は、自分がそうありたいという理想的作家像を西鶴に投影しているにすぎない。西鶴がリアリストだったから『世間胸算用』を書くことが出来た？　嘘だろう！　文芸様式として論ずべきことを作家像にすりかえてありがたがっているだけじゃないか。こういう反発から、私は伝記資料のほとんどない西鶴の作家像を追究することをやめてしまった。

今でも、西鶴論の陥穽は、叙述の片言隻語を西鶴の現実認識だと誤解することにあると思っている。

私事で恐縮だが、この原稿を執筆中、大学図書館からの帰路、歩行困難となり、駅員に車椅子で運ばれる事態となった。翌日、A脳神経外科病院に入院、病名は慢性硬膜下血腫で、脳と頭蓋骨との間に溜まった血を抜き取る手術をした。十日ほどの入院と一ヶ月ほどのリハビリでほぼ快癒したのだけれど、相部屋には、脳溢血や認知症の高齢者が多かった。例えば、体が麻痺してシモさえ自分で始末できないとか、自分の名や今どこにいるのか思い出せないとか、まあ、そういう患者さんばかりだったのだ。かくいう私も、トイレに行くたびに看護師に付き添ってもらい、パンツは自分で下ろせないので脱がせてもらうという為体《ていたらく》。悲惨と言えば悲惨だが、なぜか、私はおかしくてたまらなかった。

不謹慎かもしれないが、私より重症の患者さんの言動や、女房にも見せないところを若い看護師にさらけ出す自分、下半身が動かないのに病床でパソコンを使おうと四苦八苦する私自身が滑稽だった。

笑いは残酷である。オシメを勝手に動かしてしまって糞尿まみれになった高齢者が、夜半に孫ぐらいの年頃の看護師に叱られながら、オシメを替える。それをおかしいと感じる理由は、否応なくパンツを脱がされる自分もさほど変わらないじゃないかと思いながら、もう一人の「自分」がみじめな自分を笑っているからだろう。

西鶴は、極貧生活をおくる町人を客観的に描いたわけではない。解説の冒頭で書いたが、共感があるからこそ、それが笑いの対象となるのだ。私が相部屋の患者さんや自分自身に感じた笑いと同じだと思う。作者西鶴ばかりではなく、草子を手に取ることができた中流以上の読者も、切羽詰まった大晦日の町人の貧困生活に共感する、つまり「わいも同じじゃんか」と感じるからこそ、思わず失笑してしまうという読み方をしたのではないだろうか。

西鶴の作家としてのすごさは、商人すべてが掛け売買の清算で悪戦苦闘する大晦日という時間設定を全短編にほどこして、読者が共感しやすい仕掛けを用意したことである。そして、そうすることで、読者を「笑《わら》かした」ことにある。客観的に距離を置いて対象を描いても、決して笑いは生じない。

私は、『世間胸算用』は、『好色一代男』とは違う発想の笑いを創作した新しい喜劇的小説だと思う。私の現代語訳が、そういう観点から、この傑作を読むきっかけになれば幸いである。

本書刊行にあたっては、本文庫の中町俊伸氏にご尽力いただいた。記して感謝申し上げる。

二〇二四年十二月

本文中に掲載した挿し絵は、井原西鶴『世間胸算用大晦日一日千金5巻』伊丹屋太郎右衛門［ほか2名］、元禄5［1692］。国立国会図書館デジタルコレクション https://dl.ndl.go.jp/pid/2534240/ を基に一部修正した。

kobunsha classics
光文社古典新訳文庫

# 世間胸算用《せけんむねさんよう》

著者　井原西鶴《いはらさいかく》
訳者　中嶋《なかじま》　隆《たかし》

2024年12月20日　初版第1刷発行

発行者　三宅貴久
印刷　新藤慶昌堂
製本　ナショナル製本

発行所　株式会社光文社
〒112-8011東京都文京区音羽1-16-6
電話　03（5395）8162（編集部）
03（5395）8116（書籍販売部）
03（5395）8125（制作部）
www.kobunsha.com


落丁本・乱丁本は制作部へご連絡くだされば、お取り替えいたします。
ISBN978-4-334-10531-0 Printed in Japan

# いま、息をしている言葉で、もういちど古典を

長い年月をかけて世界中で読み継がれてきたのが古典です。奥の深い味わいある作品ばかりがそろっており、この「古典の森」に分け入ることは人生のもっとも大きな喜びであることに異論のある人はいないはずです。しかしながら、こんなに豊饒で魅力に満ちた古典を、なぜわたしたちはこれほどまで疎んじてきたのでしょうか。

ひとつには古臭い教養主義からの逃走だったのかもしれません。真面目に文学や思想を論じることは、ある種の権威化であるという思いから、その呪縛から逃れるために、教養そのものを否定しすぎてしまったのではないでしょうか。

いま、時代は大きな転換期を迎えています。まれに見るスピードで歴史が動いていくのを多くの人々が実感していると思います。

こんな時わたしたちを支え、導いてくれるものが古典なのです。「いま、息をしている言葉で」――光文社の古典新訳文庫は、さまよえる現代人の心の奥底まで届くような言葉で、古典を現代に蘇らせることを意図して創刊されました。気取らず、自由に、心の赴くままに、気軽に手に取って楽しめる古典作品を、新訳という光のもとに読者に届けていくこと。それがこの文庫の使命だとわたしたちは考えています。